为了人与书的相遇

Michio
Hoshino

魔法的语言

〔日〕星野道夫 著

曹逸冰 译

广西师范大学出版社
· 桂林 ·

前言

星野直子

　　我先生星野道夫每次聊起阿拉斯加，几乎都会提到太阳在空中描绘的弧线。移居阿拉斯加以后，连我都开始关注太阳的轨迹了。那是我住在日本时从未留心过的。透过窗户，能清清楚楚地看到太阳的高度一天一个样，日照时间的变化之快也让我大吃一惊。

　　1995年举办"木村伊兵卫摄影奖二十周年获奖作品展"的时候，我用8mm摄影机给丈夫拍过一段录像，用作视频贺词。

　　那天刚好是夏至，树木的绿意正浓。

　　"阿拉斯加是边远的极地，所以一到冬天，太阳就很少出来了。朝阳刚从地平线探出头来，就直接变成了夕阳。冬天的太阳在天上描绘的弧线真的很短。随着春天的临近，这条弧线会越来越长。然后就到了白夜的季节，夏至过后，太阳的弧线又会逐渐变短。真正的夏天明明才刚刚开始，可是今天这个夏至一过，心里难免会有些空落落的。这是因为我们感觉到了冬天正从远处慢步走来。在阿拉斯加住得久了，我便深刻感觉到，这里的生活离不开太阳的恩泽，而且人们好像时刻都把太阳的存在放在心头。"

一听到阿拉斯加，人们往往会联想到苦寒的冬天。其实阿拉斯加是个四季分明的地方。我曾惊讶于这里的季节变化之快，人还没反应过来，新的季节就来临了。

在冰雪逐渐消融的时候，植物悄然吐出嫩芽，动物们也纷纷诞下新的生命。叶子的绿色一天比一天浓，可爱的野花开始绽放。来自南方的无数候鸟飞来阿拉斯加筑巢。放眼望去，生机盎然。

当柳兰（Chamerion angustifolium）的艳粉色花朵变成白色绒毛时，白桦、欧洲山杨（Populus tremula）之类的树木也纷纷披上黄色的衣衫，灌木则被染成了酒红色。当你意识到四周的寂静时，大地已是银装素裹……这样的体验，我已经有过许多许多次了。

"在日本的大自然，季节总是缓慢变化的。但阿拉斯加不一样，一眨眼的工夫，自然就大变样了，也可以说这里的自然有一种不停歇的跃动感。我觉得自己之所以被阿拉斯加吸引，这种跃动感应该是主要理由之一。"

第一次踏上阿拉斯加的大地之后，他的心就从未离开过这里。二十三年来始终如一。

起初，他被蕴藏着原始性与纯粹性的自然深深吸引，扛着相机与沉重的登山包，独自深入连一条像样的路都没有的阿拉斯加原野深处，一年里有将近一半的日子是睡在帐篷里的。在自古至今滔滔不绝的时光大河中生生不息的动物们就在那里。他耗费漫长的岁月仔细观察那些动物，用相机捕捉它们的一举一动。驯鹿、灰熊、驼鹿……在拍摄种种主题的过程中，他邂逅了与阿拉斯加的自然和动物们共生共存的爱斯基摩人和印第安人。他与爱斯基摩人一同出海，以传统的方式捕鲸，感受这个民族的灵魂，还参与了驼鹿的狩猎和夸富宴（potlatch）[1]的仪式……朋友们帮他打开了一扇又一扇通往未知世界的大门。

"刚开始研究阿拉斯加的时候，吸引我的是这里的自然，但我现在对生活在这片土地上的人产生了更大的兴趣。这里的'人'当然是既包括白人，也包括爱斯基摩人和印第安人。眼下我正以他们的生活为主题，继续开展摄影工作。"

在旅行的过程中，他结识了许许多多的人，就形形色色的话题进行了深入的交流。后来，他下定决心移居阿拉斯加，开始以"非游客"的视角审视这片土地之后，探究"人"的念头一定变得愈发强烈了。

阿拉斯加还留有大片的原生态自然，但是破坏自然、开垦土地等各种各样的问题依然严峻。当地人不得不肩负着这些问题，面对每一天的生活。

"破坏自然、开垦土地等问题，会与白人、爱斯基摩人和印第安人的生活产生怎样的关联呢？在今后的阿拉斯加拍摄活动中，自然与人类的关系将是我的首要主题。"

自然与人类的关系——我的丈夫从这个宏大的视角出发，一边守望人类的未来，一边坚持拍摄。他对未来也有忧虑，却更坚信人们心中的希望之光与力量。想必此时此刻，他也在天上温柔地注视着我们吧。

第七章　来自空无一人的森林……237

第八章　两种时间，两种自然……269

第九章　百年后的风景……299

第十章　印第安人的祈祷……323

注释……353

目 录

第一章　毕业寄语……11

第二章　为阿拉斯加倾倒……41

第三章　与流转的季节共生的人们……77

第四章　真正的野生……113

第五章　极光当空……163

第六章　阿拉斯加东南部与座头鲸……207

第一章

毕业寄语

1987年3月，星野道夫应邀做客东京都大田区立田园调布中学，为全体毕业生演讲。邀请人是在这所学校工作的老师，也是星野道夫的朋友。

我与阿拉斯加的缘分，要追溯到十五六年前。那时我大概十九岁，跟在座的各位同学差不多大吧。

我从小就喜欢自然和动物，看的书基本上也跟动物、探险有关。好比儒勒·凡尔纳[2]的科幻小说啦，阿尔谢尼耶夫[3]的《在乌苏里的莽林中》啦。儿时的我满脑子都想着，有朝一日，我也要跟这些故事的主人公一样。照理说随着年龄的增长，人会渐渐淡忘儿时的梦想，或是把兴趣转移到其他地方。可我大概是一直没长大吧，上大学以后，我的想法还是没变。大一那年，我就已经打定主意要去阿拉斯加了。为什么是阿拉斯加呢？我也说不出个所以然来，可能我潜意识里有一种对北极圈大自然的朦胧向往吧。

在那个年代，要想在日本找到和阿拉斯加有关的资料，难度实在是太大了。所以我从美国搞了几本书和资料。其中有一本影集深得我心，我每天都乐此不疲地翻它。里头有一页是我每天都要看上好几眼的，否则就浑身不舒服。那是一张航拍照片，特别特别漂亮。一座小岛漂浮在北冰洋上，岛上有一座爱斯基摩村庄。摄影师刚好在夕阳即将沉入北冰洋的时候，在飞机上按下了快门。

那张照片为什么对我产生了如此之大的吸引力呢？因为"人们生活在什么都没有的天涯海角"这件事让我觉得格外不可思议。我跟大家一样，在城里出生长大，所以一时间不敢相信有人能在那种地方过日子。渐渐地，我产生了"去那座村子看一看"的念头。照片旁边配了说明文字，仔细一看，里面用英文写着村子的名字，叫"希什马廖夫"

（Shishmaref）。我摊开地图，搞清了它在阿拉斯加的哪个位置。这下可好，越来越想去了。

可我不知道该怎么去啊。也没有熟人在那边。想去亲眼瞧瞧的念头却一天比一天强烈。

于是我心想，不管三七二十一，先写封信试试看吧。问题是，我没有具体的地址，也不知道该写给谁。后来，我想了个办法。既然是村子，那肯定是有村长的。翻字典一查，发现"Mayor"这个单词有"代表"的意思。然后我就给七座阿拉斯加村庄的"Mayor"寄了信，用蹩脚的英语写道："我想拜访你们村子，但一个人都不认识。什么活我都愿意干，有没有人家愿意收留我呢？"

可回信一直都不来啊。由于地址和收信人写得乱七八糟，寄出去的信有一半被直接退回来了。几个月一过，我自己都快忘记这件事了。谁知半年后的某一天，我从大学回家一看，居然有一封寄给我的国际邮件。

那是一家住在希什马廖夫村的爱斯基摩人*给我的回信。信上写着："我们可以帮你安排，尽管来吧。"虽然内容简单得很，但我真的高兴坏了。在那之前，我一直觉得阿拉斯加是个无比遥远的世界，可是收到回信的那一刻，阿拉斯加仿佛就在我眼前。第二年夏天，我就动身了。那年我还在念大一。因为我是个满脑子想着"要去阿拉斯加"的学生，一不小心留级了。

那个夏天，我与爱斯基摩人同吃同住，还跟着他们去打猎，是一次十分宝贵的经历。一切的一切，都与我自己的学生生活截然不同，既新鲜，又有趣。我还吃了很多从没吃过的东西，比如海象、海豹、鲸鱼……总而言之，那段日子真是开心得一塌糊涂。

---

* Eskimo，是因纽特人（Inuit）的别称，由印第安人所起。但因纽特人才是自称，并被普遍接受。中译本尊重作者星野道夫的原作表述，但在书中首次出现爱斯基摩人处，加注因纽特人作为说明。——编辑注

三个月一眨眼就过去了。

这段经历让我受益匪浅，总结下来有两点吧。

第一点正如我刚刚提到的那样，我意识到，原来那片天涯海角一般的地方也是有人住的。原来那么小的村子里，也有跟我们一样的生活，也有一户户的人家。才待了几个月，我就把自己当成了村里人。对生活在那片土地的人而言，那里就是世界的中心，宇宙的中心吧。说起来也许很简单，但是能切身感受到世界上有这样的生活存在，着实是不可多得的经验。

第二点还是无比壮阔的自然。我亲眼见到了远超想象的大自然，那感觉就像是有一股新风吹进了我的心田，又仿佛是打开了通往新世界的大门，让我激动万分。

回国后，我重归校园，脑子却跟一团糨糊似的，成天心不在焉，差点又留了一级。好不容易混过去了吧，阿拉斯加还是在我脑海中打转。真想再回到那里去啊。这一回，我不要以旅行者的身份去。我想在那里住住看。我总觉得不好好住一下，就看不清那片土地的真面目。

升上大三、大四以后，同学们都忙着找工作什么的，但我呢……也不知道是没长进呢，还是没有彻底长成大人呢，反正我就是没法把心思放在那些事上。在大家访问公司、讨论求职的话题时，我的心思却在别处。有时候我都不由得担心，再这么下去真的好吗？

就在这时，我的好朋友在山上遇难了，离开了这个世界。我们是在上初中的时候认识的。我原本打算和他一起做很多很多事，所以这场变故让我大受打击。不过我那时正在犹豫未来要走的路，所以这件事恰好成了精神层面上的一个转机。什么意思呢？"自己的一生会永远这样持续下去"的朦胧意识彻底崩塌了。朋友的不幸让我意识到，人会因为突然降临的意外事故死去。我没有因为朋友的离去自暴自弃，而是反过来告诉自己，我得好好珍惜自己的人生，要尽可能诚实地面对自己的内心啊。而对当时的我来说，"尽情做喜欢的事"就等于"重回阿拉斯加"。

大学毕业后，我给一位叫田中光常的摄影师做了两年的助手。回阿拉斯加的念头从未离开过我的脑海。我一直在思考，如此宏伟的自然要以怎样的形式去钻研才好。我觉得要把一份事业长长久久地做下去，光靠心血来潮和小聪明是绝对不够的。关键在于你对那件事有没有兴趣，有没有想去做的信念，这股信念够不够强大。

我上的是经济学系，所以想再上一次大学，好好学一学自然。我通过调查得知，阿拉斯加大学有野生动物管理系。于是我决定辞掉助手的工作，去阿拉斯加大学念书，扎下根来拍照片。这所学校对英语成绩是有要求的，我就去参加了学校指定的考试，结果差了三十分，来了一封不合格通知书。可我已经打定主意要去阿拉斯加了。真的想做一件事的信念也许是能让人鼓起勇气的吧。明明分数不够，我却头也不回地离开了日本，径直去了阿拉斯加，冲到系里找教授谈判，说："单单因为分数不够就复读一年是我绝对不能接受的！我已经下决心要来阿拉斯加了！"那位教授也是挺有个性的人，他认认真真听我说完，同意我入学了。那是1978年的事情。我就这样搬去了阿拉斯加，头两年边上学边拍照。直到现在，我还是会把一年中的大部分时间花在阿拉斯加，一边拍照，一边生活。

阿拉斯加不过是美国的一个州，但它非常辽阔，面积足有日本的四倍。绝大多数地区是没有路的，只能自己走进去。要深入腹地，有时得靠滑雪板或者皮艇，甚至是飞机。置身于这样的大自然时，我最先想到的是，"人类是何等渺小"。

好比阿拉斯加的火车，就特别梦幻，因为它是全世界唯一能随招随停的火车。什么叫"随招随停"呢？就是你可以在沿线的任何一个地方招手上车，然后在任何一个地方下车。只要站在阿拉斯加的铁轨边上招招手，老长老长的列车就会停在你眼前，你直接走上去就行了。就算你要下车的地方在深山里，火车也会停下。为什么要这么搞呢？因为在阿拉斯加，还有许许多多在原野与森林中过着开垦生活的人。他们需要把火车拉过去的物资和家什卸下来，带回自己的住处。我第一次坐这种火车的时候，车开着开着，突然在深山里停了下来。我心想："怎么会在这种地方停车啊？"正纳闷的时候，只见一个彪形大汉带着狗走出森林，从车上卸下一堆当季用的家什。对他们而言，阿拉斯加铁道是必不可缺的。这火车开得非常慢，一天只有一趟，但我真的很喜欢，每年一定要坐上一回。

皮艇也是一种很不错的交通工具。

我的皮艇是可以折叠的，用两个包就能装下。为什么说皮艇之旅好呢？因为小艇能顺着水流走，特别自然，所以我很中意。皮艇还有一大优势，那就是它可以装着很多行李走。船头船尾都能装很多东西，而且装得越多，船越稳定。行李一多，皮艇下水后就跟水面差不多高了，但是在这种状态下，它真的特别稳。不装行李的时候反而不稳，还挺危险的。

阿拉斯加的湖不计其数，很适合划皮艇出行。对阿拉斯加人来说，"玩"就是如何与自然相处吧。那边跟日本的城市不一样，不是那种到处都有东西的世界，所以在阿拉斯加人眼里，大自然才是游乐场。虽然生活中有各种各样的不方便，可是这些不方便也别有一番风味呢。夏天是白夜的季节，所以孩子们都是不分昼夜地撒欢。

阿拉斯加南部有个叫冰川湾的地区，无数冰川在那里汇入大海。海水看起来暖和，其实冷得要命。一旦掉进去，十五分钟就没命了。有一次，我划了一个多月的皮艇，深入冰川湾。皮艇是唯一可行的交通工具。为什么呢？因为陆地上有无数冰川横穿而过，只能走水路。

冰川湾总有冰川在崩塌。那场面十分震撼，你能切身感觉到地球好像真的在动。划皮艇的人最怕冰川崩塌的时刻。因为冰川的碎片一旦掉进海里，就会引发小规模的海啸。这种海啸是最可怕的。还记得我划船的时候总是盯着冰川，提心吊胆，生怕它突然塌下来掉进水里。有一次，我在靠近冰川的地方划船，没想到那冰川突然塌了，我都来不及逃。眼看着巨浪就要来了，怎么办？我只能把皮艇的船头对准海浪，让船体与海浪垂直，在心里不停地祈祷，好不容易顶住了。在旅途中，我的确经历过不少惊心动魄的事情，但是总有比恐惧美好得多的大自然等待着我呀。

在这样的地方旅行，确保饮用水自然成了一桩难事。于是冰川就成了宝贵的水源。用冰镐敲下冰川的碎片，用火化成水。其实细细琢磨起来，这么取水还挺浪漫的呢。因为是数千年前落在山上的雪被压缩成了冰，然后变成冰川，又经过漫长的岁月慢慢流淌，最后崩塌才落入海中的啊。一想到自己喝的水是这么来的，心里别提有多美了，还能感受到时间的洪流呢。

听到"阿拉斯加"的时候，大家可能会联想到昏暗、寒冷、单调、特别不宜居之类的字眼，但是对生活在那里的人来说，那就是一片为他们带去慰藉的土地。在城镇看到极光的时候，你只会觉得它很漂亮。但你要是一个人在山里碰到很强的极光，你就会发现它动起来就跟活的生物一样。这样的极光不会给你留下"漂亮"的印象，反而会让你觉得可怕。我真心希望大家都能亲眼看看阿拉斯加的自然，不过其中最值得看的当然还是极光。那真是一种特别神奇的自然现象。

北极的自然环境是非常严苛的，所以能在那边生存的动物并不多，跟非洲没法比。只有能适应寒冷的动物才能在北极定居。

和爱斯基摩人一起出海捕鲸的时候，我发现他们会挑浮冰群的浮冰裂口下手。捕猎期间的某天傍晚，我独自出去散步。走着走着，只见遥远的冰面上有只动物正在朝我这边走。当时它还小得跟个点似的，我也不知道那是什么动物，但是会出现在这种地方的动物，也只可能是白熊了吧。等它走近了，我定睛一看，果然是白熊。

白熊在干什么呢？它在找海豹呢。在白熊吃的所有东西里，海豹占了足足九成呢。海豹是一种体味很重的动物，白熊在十千米开外就能闻到它们了。我看到的那只白熊就是被爱斯基摩人打到的海豹的气味引过来的，所以它径直走向了我们的营地。

在阿拉斯加的北极圈，我经常拍一种叫"caribou"的大驯鹿。它们会随着季节的转变，进行漫长的迁徙。

问题是，阿拉斯加实在是太广阔了。要跟拍驯鹿，我甚至得坐飞机深入腹地。

开这种飞机的人叫"无人区飞行员"（Bush Pilot）。飞机落地之后，你要做的第一件事就是跟飞行员确认好什么时候来接人。一次拍摄基本上需要持续三星期到一个月，所以你得跟飞行员确认一个月后的哪一天在哪里接你。这个环节要是出了差错，问题可就严重了。因为那是个完全没人的世界，要是没有飞行员来接你，你就回不去了啊。

离我的营地最近的有人住的地方，是两百千米开外的爱斯基摩村庄。所以在野外扎营的时候，我基本上一两个月都见不到一个活人，想想还挺寂寞的呢。

不过与此同时，我的心中也充满了期待与解放感，因为我得在这一个月的时间里独自搞定一切，有一种整个世界都归我所有的错觉，有时候也挺开心的。独处整整一个月，时间挺长。所以我总会随身带上几本书。不跟别人说话的时间长了，自说自话的频率难免会变高。从几年前开始，我养成了尽量用英语跟自己说话的习惯，这样就能顺便提高英语水平了。

我就是这样一边露营，一边等候驯鹿的春季迁徙的。不过在所有陆生哺乳动物中，驯鹿的迁徙路线是最长的呢。我最近一直在跟拍驯鹿，以它们为拍摄的主题，可是北极圈真的太大太大了，不到最后时刻，谁也不能保证你一定能见到驯鹿。而且驯鹿的迁徙模式会根据那一年的天气灵活变化，所以把大本营设在哪儿就显得尤为重要了。

露营的时候，最需要小心的莫过于熊。

熊跑到帐篷附近的情况，我已经遇到过很多次了。话说五六年前的某一天，我在帐篷里睡觉。睡到清晨四点多的时候，我听见了一种奇怪的响声，仿佛有把毛刷碰到了帐篷的布。我连忙跳起来，拉开帐篷一看，一张熊脸就在我的眼前啊。我当然吓了一跳，那熊好像也吓得不轻，头也不回地跑远了。熊总归还是怕人的，它们其实也不想攻击人类。可是在山里碰巧遇上的时候，或是像我这样近距离遭遇的时候，熊会因为极度恐惧做出两种反应。要么是怕到逃跑，要么是怕到发动攻击。我那次真是撞了大运，那头熊吓得逃走了。熊会在一瞬间做出判断，所以不到那个时候，谁都无法预测事情会朝哪个方向发展。

等待驯鹿的季节性迁徙，真的是一件非常考验耐心的事情。我不知道去过多少次了，但蹲点成功率大概只有四成吧。露营整整一个月，却一次都没见着，只能卷铺盖回家的情况也有过好几次了。从某种角度看，拍驯鹿就跟赌博差不多呢。

每每见到驯鹿排着长长的队朝北行进，我都不由得感叹动物的本能真是太不可思议了。它们每年都会像这样长途迁徙，春天去往北方的苔原地带，秋天再转战南部的森林地带。迁徙的距离足有一千千米左右。驯鹿长途跋涉去北方的原因可能是多方面的，繁衍后代是其中之一。狼也是这个时候生崽。换句话说，驯鹿是在远离狼的栖息地，它们想让孩子出生在更安全的地方。

阿拉斯加位于地球的顶端，所以当地的季节变化是非常生动有力的。

在阿拉斯加的夏天，太阳一天到头都不会落山，始终在你头顶转圈，于是就没有黑夜了。基本上到了四月底，太阳就不会沉下去了。

大家知道太阳一整天都不落山是一种什么样的感觉吗？太阳总是在你头顶打转，无论你几点起床、几点睡觉都一样。换句话说，要是不写日记，你就搞不清楚今天是几月几日了。露营的时候，这一点尤其让人头疼，因为飞行员会在一个月后来接你啊，日子都是定死的，所以你必须数着日子过。要是没有这方面的制约，太阳总在天上闪耀，又没有夜晚的生活倒是挺有意思的呢。

当夏季降临阿拉斯加时，你会看到多得教人难以置信的大马哈鱼逆流而上。

连钓鱼竿都用不着，直接上手抓就行。稍微往上游走一走，河道会变窄，于是最靠边的鱼就会被周围的鱼挤到岸上。熊都会冲着这些鱼聚集到岸边。乍一看，它们好像是随便乱站的，其实不然。熊会按实力排列，越是强壮的熊，越能占到有利的位置。然后还有许许多多的海鸥盯着熊吃剩下的大马哈鱼。洄游的鱼最多的时候，熊是只挑最美味的部位吃的。大家觉得它们吃的是哪些部位呢？是鱼头和鱼子哦。那美国人吃鱼的时候会扔掉哪些部位呢？正是鱼头和鱼子。我经常笑话他们："你们这个人种啊，真是一点都不会吃鱼。"熊比他们懂行多了，知道哪里最好吃。熊吃剩下的，大多进了鸟肚子里。

外出拍摄的时候，我没法随身带很多吃的，于是钓鱼竿就成了必需品。只要位置够好，每天都能吃上大马哈鱼，所以每到那个季节，钓鱼煮饭，做鱼子盖饭吃，就成了我每天最期待的事情。

对生活在当地的人来说，夏天洄游的无数大马哈鱼也是宝贵的食物。这是爱斯基摩人的"fish camp"，就是抓鱼时住的小屋[4]。一整个夏天，他们都住在这里，一边抓鱼一边生活。大马哈鱼真的很好吃。我在阿拉斯加吃过各种各样的东西，动物也吃过不少，其中最好吃的就是爱斯基摩人做的烟熏大马哈鱼干，一吃就上瘾，根本停不下来。烟熏鱼干好在哪里呢？煮的鱼或者煎的鱼连着吃上三四天，你就会腻，再也不想吃了，但只要烟熏一下，就会变得特别美味，每天吃都不腻呢。烟熏鱼干耐放，又吃不腻，在爱斯基摩人看来，那就是难能可贵的冬季储备粮。

我在当地有个专门研究熊的朋友。一天，我跟他一起上山，谁知走着走着，一头熊突然出现在我们眼前。于是我们跟熊都站住了。我真是吓了一大跳，怕得要命。可朋友十分冷静，开口对熊说道：
"别怕，我们不会伤害你的，到别处去吧！"没有表
现出一点点的惊慌。然后，熊就真的慢慢走回了森
林深处。

后来，我跟他聊了聊熊会在什么时候攻击
人，还有熊是不是真的很危险。他说，碰到熊的时
候，要是人显得格外惊恐，或是特别紧张，熊就会
感觉到的。其实人跟人打交道的时候也是一样的
呀，比方说，当你见到了一个自己不太想见的人，
你就会下意识地紧张起来，对吧？其实你的心思
啊，对方是能感觉到的。我觉得，也许人与动物之
间也存在同样的现象。所以我当时很认真地跟朋友
说，只要让熊感觉到你是很淡定的，它应该也能放
松下来的。

有一次，我在森林里和灰熊母子共度了一整天。
最可怕的熊啊，莫过于熊宝宝和熊妈妈的组合。那
什么样的情况最危险呢？入夏以后，青草长了出来，

妈妈带着宝宝在吃草。你在山顶上看见了这对母子，可走到山下一看，两只熊都看不见了。殊不知，自己不知不觉中走到了母子之间。遇到这种情况，熊向人类发起攻击的概率几乎是百分之百，因为熊妈妈要保护自己的孩子。在阿拉斯加，熊伤人的事件也是年年都有，其中有不少就是人不小心走到母子之间造成的。

打驯鹿的过程有点残忍，但是阿拉斯加是许多爱斯基摩人和印第安人的家园。对他们而言，阿拉斯加的动物不是用来观赏的。为了生存，他们必须猎杀动物，把它们当成食物吃掉。

在我们的生活中，去超市购买包装得漂漂亮亮的肉，回家做着吃，这是常态。可是在和当地人一起打猎，一起用刀肢解猎物的过程中，我切身感觉到，也许这才是吃肉的本质。那并不是什么残忍的事情，我们反而需要亲眼见证这样的行为。在日常生活中，我们往往只能接触到某件事的最后环节，对吧？对我来说，那着实是一段珍贵的经历。

到了秋天，驯鹿又会往南迁徙，半路上要渡过北极圈的河。可是鹿群每次经过的地方都不一样。蹲点好几天都等不到驯鹿的情况也是有的。于是点篝火就成了夜里唯一的乐趣。我真的很喜欢篝火，还能时不时听到狼在远处嚎叫呢。在现实中听着狼嚎，烤着篝火，仿佛自己正置身于童年读过的各种故事的世界中。我真是爱极了这样的时光。

秋意渐浓，夜晚一天比一天长了。白夜也迎来了尾声。到了那个时候，天上就开始出现极光了，让人感觉到冬天的临近。在那个季节，躺在篝火边仰望天空，你就会发现极光跟活物一样，动得非常厉害。要是能让大家也看看就好啦。

看到这样的景象，你会觉得我们心中的小烦恼其实都不足一提。整颗心都会被宇宙的神秘与世界的不可思议填满。

阿拉斯加的秋天是我最喜欢的季节。山上点缀着新积的雪，苔原染上艳丽的红色与黄色，真是美极了。每逢这个时候，动物们也会做好过冬的准备，皮毛变得油光锃亮。会在秋天变美的不光是风景，连动物都要换新装呢。

　　秋天最让人期待的事情就是摘蓝莓了。阿拉斯加上上下下的蓝莓都会在这个时候结果。那里毕竟有严寒的冬天，水果难得一见，所以大家都格外珍惜蓝莓。全家出动摘上一星期，就够吃一整年的了。人们会把果子做成果酱，或是蓝莓派。不过就算全阿拉斯加的人都这么摘，还是会有百分之九十九的蓝莓在枝头结束自己的一生，没人来吃。每到这个时候，连熊都会吃树果。除了蓝莓，它们还吃蔓越莓、无患子什么的，所以摘果子的时候一定要非常小心。人顾不上察看周围，一门心思摘蓝莓，熊也吃得起劲，一不留神就撞上了……这样的事情可是真的发生过的。

那段时间的熊因为就快冬眠了，几乎一整天都在睡觉。熊其实不是真正意义上的冬眠动物，只是迷迷糊糊地打盹而已啦。真正的冬眠，应该是像北极地松鼠（Spermophilus parryii）那样，体温几乎降到零度，新陈代谢也比熊慢得多。冬眠期间的地松鼠简直跟死了一样。

阿拉斯加的自然太严苛了，很多动物没法在那里栖息。所以那边的食物链，也就是吃与被吃的关系有着非常单纯的结构。先有太阳，然后植物靠太阳生存，接着有食草动物吃植物，而食草动物会成为食肉动物的盘中餐。如果动物的种类很多，食物链的关联性自然会比较复杂，可阿拉斯加的物种少，所以食物链就跟一条线似的，直来直去，简简单单。但这同时也意味着，虽然每种动物都能在如此严苛的条件下生存，是很顽强的，可整个生态系统就非常脆弱了。任何一种动物数量锐减，整个系统都得受影响。我刚才说的北极地松鼠就是其他动物经常吃的，食物链的关联性在它们身上体现得格外明显。

再往后就是冬天了。我的小屋没有自来水，也没通电，但是有烧柴的暖炉，住起来还是相当舒服的。就是没水着实让人头疼啊。大冬天的，也得跑到河边打水回来。但我想尽量少干点重活，所以发明了各种省水窍门，做饭、洗碗什么的都不至于用太多水。冬天的气温会下降到零下五十度左右，出门上厕所的时候不抓紧时间，那就要出大问题了。常有人问我零下五十度是什么概念，大家都知道刨冰吃得太急，额头会一下子痛起来，对吧？在零下五十度的地方，你全身都会有那种感觉。尤其是长时间待在户外的时候，笑嘻嘻地跟人聊会儿天吧，聊着聊着，脸上的肌肉就冻住了，笑容就这么凝固了。我可一点都没夸张。

阿拉斯加的冬日生活，就是一个个等待春天的日子呀。

当然，河面到了冬天是会结冰的，不过人们会在河边立一根竿子。仔细观察一下，你就会发现竿子的左边拴了一条绳子。当春天来临时，河里的冰会慢慢融化，漂动起来，于是竿子就会被河水拔出来卷走。其实竿子连着一个钟，在它被拔出来的那一刹那，钟的指针就停了。阿拉斯加人每年都会拿这个开河[5]时间打赌，赌春天会在几月几号几时几分几秒到来。每人大概押五美元，按现在的汇率换算就是一千日元的样子。押得最接近的人能拿走所有人的赌注。生活在阿拉斯加的人都盼着春天早点来，于是便有了这项妙趣横生的活动。时钟会在春天来到阿拉斯加的那个瞬间停住，宣告赌局的结束，不过这件事也能让人切身感觉到，春天真的来啦。

另外，阿拉斯加最冷的严冬期是每年一月和二月，但冬至会在十二月底来临。那也是阿拉斯加人翘首期盼的日子。大家知道这是为什么吗？那是因为最寒冷的时候明明还没到，可是日照时间却会一点点变长啊。太阳出来的时间原本是越来越短的，但冬至过后，日照时间会每天增加七八分钟。多么让人期待啊。话说三月前后，有时会突然出现一个小阳春似的日子。遇到这种情况，阿拉斯加人就会抛开手头的工作和学业，晒一整天的太阳。他们就是如此期盼春天的到来。当春天的脚步踏上北极圈，被冰雪覆盖的大地开始露出泥土时，你会闻到一种独特的味道。那个季节的泥土味啊，真是美妙极了。

我下个月就回阿拉斯加了，那正是春意渐浓的季节。每年第一次在阿拉斯加搭帐篷露营的时候，我都会特别兴奋。虽然在接下来的半年里，我必须睡在雪地或泥地上，但我一点都不觉得难熬，反而开心得要命。

想必大家应该也跟我一样。投入自己打从心底里喜欢的事情时，别人也许会觉得你很辛苦，可当事人完全没有这种感觉，对吧？我觉得做自己喜欢的事就是这样的。我由衷地希望，大家能在今后的人生中找到自己真正想做的事。那件事可能是学习，可能是玩乐，也有可能是工作。十九岁那年看到的爱斯基摩村庄的照片，成了我走进阿拉斯加的契机。一眨眼，我已经跟阿拉斯加打了近十五年的交道。在座的各位同学即将迈入高中校园，我也殷切希望大家能邂逅各种各样的人。考个好大学，进个好单位，也是人的一种活法吧。

不过我也希望大家有朝一日能够明白，人生不止这一种，有的是机会选择更多彩的活法。我们的人生终究是有限的。我觉得尽情做自己真正喜欢的事情，也是一种非常棒的人生。

第二章

为阿拉斯加倾倒

1991 年 6 月 9 日，星野道夫回到故乡千

叶县市川市，于市川市动植物园发表

演讲，题为「为阿拉斯加倾倒」。

两三年前，一个在初中当老师的朋友请我去他们学校，跟同学们聊聊阿拉斯加。

　　我还以为他是让我在班会上随便讲讲，就没想太多，一口答应下来。后来一问才知道，原来是让我给全体毕业生做纪念演讲。我从没在那么多人面前发过言，便推辞说："这种演讲我可没做过啊，肯定不行的！"谁知朋友告诉我，职工大会都批准了，不能不去。到头来，我还是在七百来个孩子面前做了演讲。

　　话说那天发生的一件小事让我久久难以忘怀。校方在演讲的最后安排了提问环节。毕竟会场有七百来号人，举手提问还是挺需要勇气的。那个年级有个脑瘫的孩子，倒是他先举了手。要知道举手的人可是要走出队伍，来到话筒跟前提问的啊。事后老师们都说，真没想到那个孩子会出列发言。

那他提了什么问题呢？他问："是人厉害还是熊厉害啊？"周围的孩子们都笑了，但这个问题其实很深奥，我当时都差点词穷呢。

我是平田小学的毕业生，是土生土长的市川人。

我家在本八幡站跟前，但我小时候，那一带还没有繁华起来，四周都是农田。不过市川再乡下，离东京总归是近的，而且不是在乡下长大反而成了我为自然倾倒的原因之一吧。

遥想童年，我第一次产生"自然好厉害"的念头，是在看完电影《蒂科和鲨鱼》(*Tiko and the Shark*)的时候。很久以前，应该是我上小学四五年级的时候吧，本八幡站前有座电影院。那时我很喜欢看武打片，所以经常去电影院报到。

我就是这样看到了《蒂科和鲨鱼》。那应该是一部很老很老的电影了，故事发生在南太平洋上的大溪地，主角是名叫蒂科的本地少年和鲨鱼。这部电影给我留下了非常深刻的印象。那我到底记住了什么呢？记住了电影中反复出现的南太平洋风光。

我心想："原来还有这样的世界啊！"原本光看武打片的我一下子就被电影中的世界吸引住了。直到现在，我还清楚地记得那种震撼的感觉。长大以后，我有幸重看了这部电影，却发现剧情其实很简单，不像当年那样感动了。这么看来，我能在小时候看到它真是太幸运了。

然后到了十五岁到二十岁的年龄段，我就彻底迷上了自然。

快从高中毕业的时候，我有一阵子格外向往北海道。北海道是人人都向往的地方，我当年的向往应该也是跟大家完全一样的，但有一件事让我觉得特别的不可思议。

因为我一直很喜欢山，所以上高中以后，我就开始爬山了。对动物的兴趣也是在那个时候萌芽的。话说有一阵子，我觉得北海道栖息着棕熊是一件特别神奇的事情。仔细想想，这根本就是很理所当然的，可是一想到就在我生活在东京的同时，熊也在北海道呼吸着，活着，我就觉得特别新鲜，特别神秘。其实不一定非得是北海道吧，现在想来，这种念头就是我对北国自然之类的东西产生朦胧憧憬的契机呢。

再后来的事情大家都知道了，我对北海道的向往转移到了更北边的阿拉斯加。怎么就偏偏迷上了阿拉斯加呢？现在细细琢磨起来，我还是答不出个所以然来。加拿大的北极圈也可以，西伯利亚明明也行啊。可我就是渐渐产生了一个朦胧的念头，好想去阿拉斯加看看啊。

那个时候，关于阿拉斯加的资料特别难找。我碰巧找到了一本关于那里的书，在书里看到了一座村子，就写了信过去。对我来说，这件事也是很重要的一个契机。

还记得那年我十九岁，就快二十了。结果我真的去了阿拉斯加，在一座很小很小的爱斯基摩村子里住了一个夏天。即便是在阿拉斯加，那座村子也算小的，还保留着很多古老的元素。那个夏天的经历，真的对我产生了很大的影响。

那本书是英文的，里面有很多照片，不过第一次在书里翻到那个村子的照片时，我首先就被照片本身吸引住了。一座特别特别小的村子，孤零零地守在空无一物的荒凉世界。那是在飞机上拍的航拍照片，按快门的时候，夕阳正要沉入北冰洋，非常有震撼力。

那段时间，阿拉斯加占据了我的脑海，于是看那本书便成了我每天最大的享受，不翻开那一页看看，就觉得浑身不舒服。那张照片为什么会对我产生那么大的吸引力呢？仔细想来，这终究是因为我所在的市川跟东京差不了多少。在城里住得久了，便对"为什么这样的地方也有人生活"产生了强烈的好奇吧。

后来，我给那座村子写了信，实现了夙愿。

我在那个夏天经历了许许多多。我跟着村人去打过驯鹿，还出海打过鱼。饮食习惯也好，人际关系也罢，每天都有各种各样的新发现。真的太开心了，一个夏天一眨眼就过去了。不过对我来说，那着实是一次重大的旅行。

让我觉得非常有趣的是，刚看到照片里的村子时，我特别纳闷，为什么人非得住在那种地方不可？可是亲自过去住上短短的两三个月以后，我就一点都不纳闷了。在和村人们打交道的过程中，我甚至毫无疑问地认定，如果我是在这里出生的，那我肯定也会一直生活在这里，直到人生的最后一刻。其实村人们生活在非常丰饶的大自然中，原来无论在怎样的土地上，都有人的生活啊。

虽然我上面说的话都是理所当然的，但是切身体会到这些，还是对我产生了相当大的影响。当年我还在上学，可回到日本之后，那个夏天的经历还是在我脑子里打转，久久无法忘怀。不过我当时还不知道，这一切会在我心里汇成怎样的结晶。

再后来，在我二十一岁那年，上初中时结识的至交好友遭遇了山难，不幸去世了。

这是我第一次经历亲朋好友的死亡。怎么说呢，我觉得自己有必要好好整理一下思绪，所以一直没在心里得出关于这起事故的结论。我思考了整整一年，最终得出的结论是，"做自己喜欢的事情吧"。这也是一个非常重要的契机呢。

从那时起，我的心中重新燃起了对阿拉斯加的向往。我想再回到那里去。而且这一次不能是短期逗留，"在那片土地定居"的念头愈发强烈了。

眼看着就要大学毕业了，必须决定未来的方向了。于是我便有了一个朦朦胧胧的想法，想从事和自然打交道的工作。

别看我现在是拍照片的，其实当年我连相机都没怎么玩过。别人拍的照片是挺爱看的，可几乎没有自己动手拍过。但是想要重新回到那片土地的念头就是挥之不去啊，于是我便想："要不就搞摄影吧。"动机特别不纯洁，反正我就是这样选择了摄影这条路的。

可我对摄影一窍不通啊，于是便跑去给一位动物摄影师当了两年的助手。当时我满脑子都想着去阿拉斯加的事情，只想快点辞掉这份工作，好动身前往。不过那两年我也没白过，因为我原来每天都只惦记着阿拉斯加，但是当助手这段日子让我稍稍静下心来，给了我细细考虑下一步的时间。

当了两年助手以后，我终于回到了阔别四五年的阿拉斯加。

我本想通过照片捕捉阿拉斯加的自然，可是当助手的那两年，我基本上就是个拎包的，所以回到阿拉斯加以后，我的摄影事业才正式起步。

而且阿拉斯加的自然实在是太大了，起初我都不知道该从哪儿入手。不过在出发之前，我就列好了一张满满当当的必做事项清单，所以一条条消化清单上的事情成了那段时间的主旋律。拍照反而成了次要的，首要任务是亲身去感受阿拉斯加的自然。所以我感觉刚过去的那三四年，自己几乎没拍成几张照片，总是背着登山包到处跑。

一眨眼，十三年过去了。我当初有个特别笼统的计划，那就是在阿拉斯加待五年，把这五年里拍的东西总结一下，做一本叫《阿拉斯加》的影集。可是计划赶不上变化，在拍摄的过程中，我意识到五年实在是太短了。头五年一眨眼就结束了，回过神来才发现，十年都过去了。

我为什么会为阿拉斯加倾倒呢？这片土地的宏伟自然固然重要，但我觉得那里有人住才是最关键的理由吧。

　　那里有人生活着，这一点着实耐人寻味。当然，阿拉斯加并不是特例，日本也有各种各样的人过着形形色色的生活。但阿拉斯加以非常直截了当的形式把这一点展现在我眼前。人们真的有各不相同的活法，这也许就是生活的多样性吧。无论是生活在原野的白人，还是爱斯基摩人或印第安人，大家都面临着各自的问题。我感觉那样的生活才是我被阿拉斯加所吸引的一大契机。

　　站在日本看阿拉斯加，大家可能会觉得那是个非常遥远的世界。但我觉得人生存的基础基本上没什么区别吧。日本也有自然啊，从这个角度看，在阿拉斯加与自然共生共存的人们与活在日本的自己离得并不远，从人的生活这个层面看，还是有很多共同点的。我愈发觉得，阿拉斯加人的生活跟自己也不是完全无缘呢。

　　所以十年过后，我萌生出了继续生活在那里的想法。

想在阿拉斯加住下去的理由有很多，其中一个理由是，通过照片产生去阿拉斯加的念头时，我在心里非常清楚地认识到，在那里度过的十年真的是一段非常短的时间。要想认真凝视某样东西，十年真是太短太短了，我想把根扎得再深一点，继续在那里住下去。

刚开始的那几年，我连冬天都是在那儿过的。可是这三四年的冬天，我经常因为各种各样的事回日本，连着好几年没有在阿拉斯加过冬。

冬天当然是阿拉斯加最冷的时候，尤其是我所在的费尔班克斯（Fairbanks），冬天的气温甚至会跌到零下五十度呢。所以阿拉斯加的朋友们见我一到冬天就回日本，都说："你这是在耍赖啊！"言外之意，就是没在那里过冬，有什么资格说自己住在阿拉斯加呢。虽然是玩笑话，却也点出了一半的真相。

不过冬天是我非常喜欢的一个季节。每次遇到不得不在年底回日本的情况，我都会特别遗憾，心想："今年怎么又不能在阿拉斯加过冬了啊！"正因为一连好几年都这样，我才产生了静下心来慢慢过日子的想法，从那个时候开始，想在阿拉斯加扎根的念头也越来越强烈了。

其实在那之前，我一年里有十个月以上是在阿拉斯加度过的，可是现在回过头来看看，自己在旅行的感觉好像还是比较明显的呢。

打定主意扎根以后，很多事情仿佛都呈现出了不同的面貌。一会儿是见惯了的东西显得格外新鲜了，一会儿则是有了新的发现，体验还是很不错的。虽然也有人说，真的扎下根住下来，你也许就会习惯，看什么都不新鲜了，但我还是觉得，不扎下根来就看不到的东西肯定是有的。在今后的阿拉斯加生活中，我想在这种可能性上赌一把。

话说我是上周回的日本。阿拉斯加这会儿正好是初春。

持续了半年之久的冬天结束了，太阳完全不落山的季节到来了。换句话说，这个时候的阿拉斯加是没有夜晚的。漫长的冬天总算过去了，这个时候的阿拉斯加人都在为太阳不下山而欢喜，脑子里想的都是在长达半年的冬日生活中做不了的事，或是要为夏天做哪些准备。

然后大家便度过了格外忙碌的夏天。到了九月前后，秋天来了。在那个时候，大家都已经筋疲力尽了，因为在夏天动得太多了呀。所以一到秋天，人人都累得动不了了。等冬天来临的时候，大家的情绪也彻底平静下来了。在北国的生活中，漫长的冬天对人们的心情就是有这么大的影响力。

每到秋天，阿拉斯加就成了树果的天堂。

阿拉斯加不产水果，所以当地人会趁这个时候采摘大量的野生树果，悉心存放。摘上够吃一整年的蓝莓和蔓越莓什么的，做成果酱，或是冷冻起来。每年夏天，阿拉斯加的商店会上架大量的空果酱瓶，而且是一打、两打一卖的。家家户户都会提前备好瓶子，等秋天来了就做果酱。熊在这个季节也会吃同样的树果。

阿拉斯加的秋天真是个美妙的季节，常有日本人问我："哪个季节去阿拉斯加最合适呀？"我觉得第一次来的话，秋天应该是最好的了。

当然，每个季节都有它独特的美，不过八月底到九月的红叶季真的美极了，整个世界仿佛都盖上了红黄两色的地毯。

还有，每到这个时候，天上就会开始出现极光了。

大家可能都觉得极光是冬天才有的，其实八月到九月也能经常看到极光。因为那个时候天色已经开始一点点变暗了。在阿拉斯加，十一月的太阳每天十一点左右才升起来，不到下午两点就沉下去了。太阳是会出来没错，可它不会升到你头顶。在那个时期，朝阳才刚出来，就直接变成了夕阳。

冬日实在是漫长，昏暗的日子一天接着一

天。在这样的生活中，极光总归能给人们带去些许慰藉。

话说去年发生了这样一件趣事。我在阿拉斯加最大的城市安克雷奇（Anchorage）打了个车。就在我坐车的时候，天上出现了极光。出租车司机是土生土长的阿拉斯加人，却一边看极光一边开车，我都在心里替他捏了把冷汗。这件事让我深刻意识到，生活在阿拉斯加的人看到极光也是很开心的，会不由自主地去看呢。

我第一次去拍极光的时候，还没有在严寒地带露营的经验，而且当时的气温已经下降到将近零下四十度了，以至于我没法到处走动，只能置身于黑暗而寒冷的世界。在长达一个月的露营中，我只做了一件事，那就是等待极光的出现。

当时我是真心想拍极光的，所以没有在脑海中现实地想过一个月到底有多长。我是坐小飞机过去的，开飞机的人叫无人区飞行员。下飞机的时候，要跟飞行员说好，让他一个月后来接。也就是说，这种露营一定要提前确认好回程的时间。可即便是坐赛斯纳飞机[6]深入雪山的时候，我也很难切实感觉到一个月后会有飞机来接。

所以真的开启露营生活之后，你才会意识到，一个月还挺长的呢。

在这种地方露营是压根见不到人的。差不多一个月找不到人说话。当然，露营是我自己要去的，我也知道等待着自己的是这样的环境，但我还是难免会想："为什么我要在这种地方独自待上一个月那么久啊……"

如果是夏天的话，周围会有各种各样的现象发生，自然也是生机勃勃的，有的是事情可以做，那就不太会产生这样的情绪。所以夏天一个人待上一个月也没什么大不了的。可冬天就不一样了，冬天的一个月会显得格外漫长。说孤独感可能太夸张了点，但寂寞总归是寂寞的。每天写日记，划掉日历上的数字，都会让我特别开心。

一个月后，当我拍到极光，准备坐赛斯纳回去的时候，我心想："打死我都不来第二回了！干吗要跑来这种地方熬整整一个月啊！"可是一两年一过，我就会好了伤疤忘了疼，萌生出再去一次的念头呢。

冬天结束后，就是白夜的季节了。

每天暗无天日的冬天刚刚过去，总算盼到了没有黑夜，一整天都有太阳的日子，大家都高兴坏了。只是这种状态持续一个月、两个月后，大家又会渐渐想念起黑夜来。到了八月前后，夜里越来越黑，能看到阔别已久的星星了，这时我会有种特别安心的感觉。白夜期间，一整天都不会黑，所以人的时间感就会乱。每到那个季节，我一般都是白天睡觉，傍晚到凌晨起来活动。那是一个特别舒服，光线也很清透的时期。

每年五月前后冰雪消融的时候，北美驯鹿会进行春季大迁徙。数十万头驯鹿离开阿拉斯加，向加拿大北极圈进发。

我每年都会去北极圈野生动物保护区拍驯鹿。驯鹿会在那儿生息。那是一片非常不可思议的土地，虽然没有寻常人心目中的优美风光，但是因为人迹罕至，总归是有些神秘感的。

在春天即将拉开帷幕的时候，冰雪会快速融化，河水也会流动起来。

许许多多的候鸟从南方飞来，自然恢复生机的模样，真能让人大吃一惊。乍一看，你可能会觉得这个世界仿佛连一点点生命的痕迹都没有，其实春天会花上好几个星期的时间慢慢开启。在这样的地方待上一个月左右，必然会跟狼打几次照面。在这种地方遇到的狼是不会走到人附近的，但是我会产生一种很奇妙的感慨：有狼活着的世界，原来真的存在啊！

然后在这个时期，会有大量的驯鹿成群结队从加拿大的北极圈与阿拉斯加南部来到这里。驯鹿的季节性迁徙一开始，我就会感觉到，春天真的来到了阿拉斯加。

驯鹿的季节性迁徙有一个重要的目的，那就是繁衍下一代。为此，它们要长途跋涉足足三四千千米。一群群母鹿先来，公鹿群会在两三周后与它们会合。母鹿基本上都怀着身孕呢。

非洲也有一种会长途迁徙的动物，叫角马。它们的迁徙跟北美驯鹿的季节性迁徙一样，都是陆地上仅存的超大型集体活动。爱斯基摩人和印第安人的生活很依赖打猎，所以人们自古以来便沿着驯鹿迁徙的路线建设了许多村庄，这样就能让鹿群从自家村子附近路过了。驯鹿的季节性迁徙，包括北极圈居民的生活，对生态系统有着举足轻重的意义。

怀孕的母鹿会在即将分娩时掉队，生下孩子。刚出生的小鹿没法跟着母亲跑，所以母子会一起离群，不过等到小鹿能跑起来了，它们便会归队。每到这个季节，鹿群周围总有狼和熊之类的猛兽守着，许多小鹿就这样进了它们的肚皮。刚出生的孩子胆子小啊，连河都不敢过呢。母亲要来来回回跑好几趟，鼓励孩子，这样才能让孩子勉强冲过去。但熊和狼也摸清了这个规律，所以总在河边打转。

这个时候，雪还没化完，天还是很冷的，但是亲眼看到驯鹿在食物匮乏的严苛环境中生下小鹿的那一刹那，我便产生了这样的感慨：北极圈的生态系统保持着一种微妙的平衡，这里的自然是很脆弱的，但是每一个生命都很顽强啊。

某年秋天，我在河边蹲守鹿群的时候，遇到了从两百千米开外的村子过来的一家人。我跟那家人的爸爸是老熟人了。他带孩子来体验人生中的第一次打猎，没想到刚好碰到了我。

这位爸爸是植物学家，却住在爱斯基摩人的村子里带孩子。小小年纪就有机会亲自开枪射杀驯鹿这么大的动物，着实让我羡慕。在父亲的指导下，孩子们亲自拿起小刀，肢解比自己的身体大上好几倍的驯鹿……这一幕乍看残忍，但我觉得孩子们其实能在这个过程中学到很多很多。

跟爱斯基摩人、印第安人外出打猎的时候，你会发现他们是先把驼鹿的舌头割下来，烤了吃掉，其他部位暂时不动。有过这样的经历，你就会深刻认识到，原来吃肉是这么一回事啊。他们肢解驯鹿与驼鹿的方法总是让我佩服得不行，他们真的能用一把刀干净利落地把一头动物切成若干块，整个过程都美极了。

但我有时也会见到另一种狩猎，也就是所谓的运动狩猎。它不以吃肉为目的，比方说，狩猎的人也许是为了拿动物的头当装饰品。为了这样的目的来到北极圈的猎人也不在少数，有日本来的，也有欧洲来的。

这种狩猎总归是不一样的。他们杀死动物不是为了吃肉，只是为了搞个装饰品而已。那这些猎人会怎么肢解猎物呢？比如要切下头部的时候，他们会直接上斧子。同样是肢解动物，这种砍法和用一把刀干净利落地肢解完全不是一码事。我感觉后者对死去的动物是心怀尊敬的，同样是杀生，可这肯定跟用斧头把动物的头砍下来不一样，两种狩猎有本质性的不同。

　　同样的道理也适用于捕鲸。在捕鲸的整个过程中，最动人的场景莫过于肢解捕到的鲸鱼了。鲸鱼肉最后是族人一起分享的，但是肢解猎物的权力归打到猎物的小队所有。所以肢解鲸鱼是一件非常光荣的事情。

　　不过年轻人还不太懂该怎么肢解鲸鱼，所以一定会有老人家跟着，指导年轻人动手。我觉得这样的光景特别感人。看到老人能以这种形式享有话语权，我真的会特别放心呢。我感觉老年人能在某个方面享有话语权的社会是比较健康的。年轻人也都很敬重老人家，我在旁边看着都觉得舒心啊。

在开始肢解之前，大伙儿会先吃鲸皮，就是鲸鱼的黑色表皮部分。鲸皮真是美味极了。一想到自己口中的肉来自两个多小时前还在北极的汪洋中悠游的鲸鱼，那感觉真是太不可思议了。

那么鲸鱼到底是怎么打的呢？有一种鲸鱼叫北太平洋露脊鲸，会在每年七月底前后从南往北，朝北冰洋游去。爱斯基摩人便划着他们的爱斯基摩皮筏追鲸鱼。皮筏是用海豹皮做的。

从白令海到北冰洋的海面都被厚重的冰层覆盖，但是受风和海流等因素的影响，这个时期的冰层会一点点出现龟裂。裂开的地方，便是长长的、小小的海面。这些海面零星分布，直到北冰洋，人称"冰间水道"。鲸鱼是哺乳动物，得浮上海面透气，所以它们会沿着水道一路北上。于是爱斯基摩人就会把捕鲸的营地设在水道边。

换句话说，冰间水道的宽窄就显得非常重要了。太宽会追不上鲸鱼，可太窄也不行，否则发射鱼叉以后，鲸鱼会逃到冰层下面去。虽然它最后可能会死，但爱斯基摩人得不到它的肉啊。所以他们会耐心等待水道发展出恰到好处的宽度。某些年份条件不凑巧，冰面上只形成了特别特别小的水道，于是大家只能眼睁睁看着鲸鱼在池塘那么小的海面喷水，却什么都做不了。

我去的那年，刚好碰上水道迟迟不开，总也打不到鲸鱼的时候。

眼看着日子一天天过去，大伙儿都开始担心今年是不是没希望了。谁知突然有一天，消息传到营地，说是打到鲸鱼了。村里大概有十五六艘小船，大家各自组队找鲸鱼。听说有一个小队得手，营地顿时沸腾了。

光是听说打到鲸鱼的消息，所有人就已经心潮澎湃了。说时迟那时快，大家纷纷坐上自己的皮筏，以最快的速度赶往捕获鲸鱼的地方。无论是谁打到了鲸鱼，肉都是全村共享的，但鲸鱼实在太大了，一艘皮筏根本拉不了，所以得大家一起去拉。至于为什么要以最快的速度去嘛，说出来就有点滑稽了，因为能分到的鲸鱼肉部位是根据小船抵达顺序定的，所以大家都拼命划桨，赶赴现场。

在大家齐心协力把鲸鱼拉回来的时候，发生了让我至今无法忘怀的一幕。

当时，我们的营地里有一位老奶奶。因为总也打不到鲸鱼，她特别特别沮丧。要是再打不到，今年就吃不上鲸鱼肉了啊，所以她真是难过极了。就在这时，打到鲸鱼的消息传到了营地。听说大家要一起把鲸鱼拉回来，我就回营地拿相机了，却发现老奶奶一个人留了下来，站在海边的冰面上，一边唱歌，一边对着大海跳舞。起初我没反应过来她在干什么，凑近了一看才发现，她居然在流眼泪。她的舞蹈很有可能是老祖宗传下来的感恩舞，专门在捕到鲸鱼的时候跳，以表感激之情。直到今天，老奶奶独自跳舞的情景还历历在目。

现在，他们的生活正面临着巨大的变化，引发了各种各样的问题。但是在传统的生活一点点消失的过程中，捕鲸对他们来说依然是非常重要的。

这当然是因为他们要吃鲸鱼肉，但更重要的问题在于，我感觉他们能通过捕鲸认识到自己到底是谁。他们的生活的确发生了巨变，很多人逐渐丧失了自信，但是参加捕鲸的年轻人都带着格外骄傲的表情呢。从这个角度看，捕鲸就像是他们守护本族文化的最后一道堡垒似的。

捕鲸的时候，大家要团结起来，人人都要出力。那我都做了些什么呢？我啊，是炊事员。

每个小队都有自己的营地，在营地做饭是男人的工作。我经常做日本菜给大家吃，口碑可好了，连咖喱饭都给大家做过呢。话说当时还发生过一件类似挖角的事情。一次捕鲸结束后，队长找到我，问："你父母在日本吗？"我就不明白了，他问我这个干什么啊？没想到他居然问我，愿不愿意去他们家当上门女婿。如果我在日本，有外国人找我说亲，我肯定会觉得这是很特殊的情况，可是在阿拉斯加聊到这个话题的时候，我并没有这种感觉。

也就是说，我在那里感觉到，我们与他们之间只存在着纯粹的人与人之间的距离，无关种族。

我一直很纳闷，为什么我走进他们的世界以后，没有一丁点不舒服的感觉？怎么说呢，可能是对事物的一些细微感觉比较像吧。好比害羞的感觉，我经常说，他们害羞的方式和日本人很像。

这是我个人的观点，对不对我也不敢保证，不过日本的孩子不是会在家里来客人的时候躲在柱子后面的吗？我感觉爱斯基摩人的孩子好像也是这么害羞的。虽然是很小很小的细节，但是有这种共通的感觉，还是给我带来了莫大的安心感。所以跟村里的老人家聊天时，我也会有种自己在和祖父母聊天的错觉，感觉分外亲切。

而且我貌似长了一张特别像爱斯基摩人的脸，

每次去陌生的村子做客，村里人都要问："你是哪个村子来的呀？"

我总觉得日本人的脸能分成印第安型和爱斯基摩型，而我这张脸在印第安人那边好像也吃得开。话说第一次去某个印第安村庄的时候，接待我的人说好会来机场停小飞机的地方接我的。我走下飞机一看，刚开始周围还有些人，可是眼看着行李一件件卸下来，人也一个接一个走了，最后竟一个人都没剩下。我实在没办法，只能自己找过去。结果人家对我说："我在机场等了好久，可就是没看到从日本来的人啊！"我跟他们同为蒙古人种，长得还是挺像的，这一点总是让我倍感安心。

言归正传。雪开始慢慢融化，我会把原本搭在雪上的帐篷转移到泥地上。泥土的味道，真的就是春天的味道啊。露营的时候，我肯定要在营地待很久的，所以把帐篷搭在哪儿就显得非常重要了，要综合考虑多方面的因素，把大本营安在最合适的地方。

而且在这个季节，我经常会遇到熊。不过熊一见到人，必定会一溜烟儿地逃开。这样的反应是极其自然的，我觉得熊攻击人类反而是相当罕见的情况。在其他动物看来，人类终究是一种非常可怕的东西，能躲还是尽量躲吧。

不过我认为，国家公园里的熊是很可怕的。

为什么呢？因为在自然状态下，熊会主动跟人保持自然的距离，可是国家公园有太多人去了，这种距离感被完全打乱了啊。要是熊在这样的状态下遇到了人，就很容易发生事故了。除非是在国家公园，否则我几乎不会对熊抱有恐惧心理。

我有个熟人叫贝利·吉尔伯特。他是研究熊的专家，在大学的野生动物系当教授。十多年前，他在黄石公园做研究的时候遭到了熊的袭击，半张脸没了。万幸的是，人们用直升机接力转运，把他及时送去了医院。虽然缝了足足九百来针，但他还是奇迹般地捡回了一条小命。

在发生事故的十多年后，贝利又研究起了熊。在几年前的一个秋天，我天天跟他待在一起观察熊。一个差点葬身熊爪的人，却再一次走向熊的世界。他的人生哲学着实发人深思。

我觉得熊在某些方面跟人是很像的。

熊会在残雪还漫山遍野的初春下山，但它们不会走着穿过雪地。那要怎么下山呢？一走到有残雪的地方，熊便会一屁股坐下来，滑着雪走。这话听起来很假，可我都不知道亲眼见过多少回了。它们为什么会做出这种行为呢？我也觉得很不可思议，也许熊也有调皮的一面吧。

每年二月前后，熊会在冬眠的洞穴里产崽，一胎是一到三只小熊。

我有个朋友，专门研究冬眠的熊。这三年里，我每年三四月份都会跟他一起去找冬眠的熊。入冬前，他会给若干头熊戴上装有信号发射器的项圈，跟踪调查野生个体的行为。但是一个冬天过后，发射器就没法用了，所以一定要趁着三四月换新的。

所以他得去找熊冬眠的地方。怎么找呢？先开飞机搜索一整天，看看信号是从哪座山、哪个山谷发射出来的。朋友研究的是我所在的费尔班克斯周边的熊。搞清信号大概来自哪个山谷以后，我们会在第二天穿上滑雪板或雪轮[7]，走路进山，花一整天寻找熊的巢穴。基本上只要走到那附近，就能根据发射器的信号，锁定一个半径十米的圈子。只要进到那个圈子，专家一般就能找到熊的藏身地了。仔细观察雪地，找小小的透气孔就对了。

朋友平时都是这么找巢穴的，可今年的降雪量特别大，搜索难度很高，到了傍晚才好不容易把圈子锁定好。

可是光知道熊在这个十四五米见方的范围内或是熊在这片树林里也没用啊，还是得找到它们所在的那个点才行。如果积雪很厚的话，就得在地上挖两米深的洞了，所以要找到那一点还是非常难的。而且熊说不定就睡在我们的正下方，一举一动都得格外小心。

那次，我们在好多地方挖了洞，可就是找不到。大伙儿都有些着急了。又挖了一阵子，终于在离地两米深的地方找到了一个小洞，是个雪洞。

遇到这种情况，四五个队员会一起凑过去，只是必须有人把头伸进洞里，看看洞里是不是真的有熊。洞里是很黑的，所以要用手电筒照一照。那次也是的，一个人把头伸进小洞，用手电筒一照，就吓得往后一仰，因为手电筒照到的地方刚好有一张熊脸啊。现在回想起那个场面，我还是想笑呢。熊是在冬眠没错，但它们睡得不熟，处于半梦半醒的状态。手电筒照到熊脸的那一刹那，熊貌似往队员脸上呼了一口气，可把人家吓坏啦。

这三年里，我一直跟着这位朋友观察熊的巢穴，每一次都非常感动。其实每年夏天，我都会见到在地面行走的熊，或是抓大马哈鱼吃的熊，可冬天的熊完全呈现出了另一种面貌。一想到它们整天蜷缩在洞里，一睡就是半年，我就觉得特别神奇。

还有，在给宝宝喂奶的时候，熊妈妈会露出特别慈爱的表情，怎么看都不腻呢。

熊妈妈带着小熊来河边抓鱼的时候，会把小熊留在岸边。有一次，我看到两个熊妈妈带着孩子来到同一条河边抓鱼。两家的孩子都被留在了岸上。一家是独生子，另一家是三胞胎。孩子们起初离得挺远，但是在岸上待的时间久了，它们相互之间产生了兴趣，便越走越近，不一会儿就玩到了一起。就在这时，其中一个熊妈妈急急忙忙赶了回来，另一个熊妈妈也回来了。我还以为两边会打起来，便目不转睛地盯着，但最后并没有打起来。

遇到这种情况，一般是熊妈妈先迅速逃跑，孩子紧随其后。那天的熊妈妈也跑了，只是事情来得太突然，小熊没来得及反应，跟着别人家的妈妈跑了。这种情况还挺常见的，就算最后没换回来，熊妈妈一般也会继续养育别人家的孩子。熊的这种习性着实不可思议，我经常见到带着四只小熊的熊妈妈，那些小熊里应该有一只不是亲生的，而是出于某种原因跟亲生母亲走散了的孩子，熊妈妈就顺便带上，一起养着了。

熊有这样的特质，我觉得很有意思。驯鹿之类的动物绝不会这么做，天塌下来了也不会养别人家的孩子，可是熊会养呢。

第三章

与流转的季节共生的人们

1993年2月11日，星野道夫为北海道上川郡清水町举办的摄影展「Alaska——如风般的传说」致辞。

这次摄影展从六号开幕，今天是最后一天了。我之前在北海道的札幌和函馆办过展，但是在十胜办展还是头一回。我也非常庆幸这次展览能在清水町举办。

虽然展出的时间不长，但我有幸见到了各界的朋友，并和大家深入交流，感觉特别有收获。

话说会场附近有一家叫"宝龙"的拉面馆。那边的面特别好吃，我去吃过好几次了。宝龙的员工们也来看展览了呢。他们是在营业时间抽空过来的，围裙也没脱，帽子也没摘，但这反而让我感动极了。昨天，宝龙的老板也来了，还跟我聊了一会儿。听说他是个热爱大自然的人，总是趁面馆周二放假的时候去爬山。临走时，他对我说："你能像这样一辈子从事跟自然打交道的工作，真是羡慕死我啦！"他说得太对了，这句话昨天一直在我脑海里打转。

如今，交通工具越来越发达了，大家都说世界变小了。好比从清水到阿拉斯加吧，如果航班衔接得好，一天就够了呢。可我始终抱着这样的意识：所谓"世界变小了"是假的，其实世界还是很大的。为什么呢？比如这一次来清水，我只待了一星期，就结识了那么多新朋友，跟那么多人做了交流，了解了本地居民的生活。虽然逗留的时间不长，但我搞懂了清水是个什么样的地方，有什么样的人生活在这里。

说到底，我们虽然能毫不费力地在全世界飞来飞去，但世界之大，只有稍稍停下脚步，与当地人聊一聊，深入每个人的生活，才有可能真正理解。看到世界地图的时候，我会让思绪飞回这里，想象北海道的清水生活着这样那样的人……像这样一点点切身感受世界的宽广。在阿拉斯加度过的每一天也让我深刻体会到了这一点。

我已经在阿拉斯加住了十四年了，今后应该也会一直在那里住下去吧。

可能会有人纳闷，不知道我为什么偏要定居在阿拉斯加那样的地方。可是在我心里，这是一件非常自然的事情。老有人跟我说："你做的这个决定真是既大胆又果断啊！"但我当初根本不是这么打算的。再说了，第一次去阿拉斯加的时候，我万万没想到自己会像现在这样定居在那里啊。

起初，我只想过去拍个五年，结果从二十多岁到三十多岁的这几年，我几乎一直都是在那里度过的，一眨眼的工夫，十四年过去了。所以我自己的感觉是自然而然就住在那儿了。

十多岁的时候，我就喜欢上了北国的自然，对北海道的向往之情尤其强烈。心里总有个朦朦胧胧的念头，想去北海道，想在北海道住住看。我特别喜欢坂本直行[8]先生的书，看过不少呢。他的画我也很喜欢，但我最喜欢的是他和自然打交道的方式。我在阿拉斯加也安了家，那边的书架上还放着好多直行老师的书呢。在那边翻看他的书，能勾起许多令人怀念的回忆。

我快满二十岁的时候，去比北海道更北的阿拉斯加走走看看的念头变得愈发强烈了。

然而那都是二十多年前的事情了，当时在日本根本找不到关于阿拉斯加的资料啊。我找了好多地方，总算在神田的书店发现了一本阿拉斯加的影集。那是在美国出版的英文书，但书里有很多照片，所以我每天都要翻来覆去地看，看到滚瓜烂熟。我喜欢那本书到什么程度呢？在翻页之前，我就知道下一页有什么照片了。

书里有一张让我魂牵梦绕的照片。那是张航拍的逆光照片，作品的主角是一座小小的爱斯基摩村庄。摄影师刚好在太阳即将沉入北冰洋的那一刹那按下了快门。村子位于空无一物的广漠原野中，孤零零的。我特别喜欢那张照片，渐渐对照片中的人当地的生活产生了兴趣。我心想："为什么这种地方会有人住呢？"

我是在千叶出生长大的，但老家那边很繁华，跟东京没差多少，所以一想到有人生活在那么小的一个村子里，我就觉得非常不可思议。看照片的次数多了，我便产生了去那座村子看看的念头。照片的说明文字里只写了村子的名字，于是我就写了一封信过去，上面写着："我想拜访你们的村子，有没有人家愿意收留我呢？"

我知道自己的英语蹩脚，也觉得人家肯定不会回信的，就写了六封一模一样的寄出去了。我在地图上找了几个北冰洋沿岸的村子，还都是规模特别小的，信的内容则完全一样，只改了下村名。我手头也没有具体的地址和收信人姓名什么的，所以信封上只写了每个村子的名字，再加上"阿拉斯加"和"U.S.A."，最后这些信里有一大半因为地址不详被退回来了。

没想到过了大概半年，我收到了自己最开始想去的那个村子的一家人寄来的回信。其实我都不记得自己在等回音了，谁知突然有一天，放学回家一看，只见信箱里躺着一封国际邮件，我真是高兴得一塌糊涂。

回信非常简短，上面写着："尽管来吧。"他们还说，那个时候过去的话，刚好要打猎什么的，有很多活要干，希望我能搭把手。那个时候，阿拉斯加对我来说还是个跟梦一样遥远的地方。所以看到回信时，我就觉得它终于变成了现实，来到了自己面前，以至于每天都要翻来覆去看上好几遍。

然后在下一个夏天，我真的去了那个村子，和回信的那家人共度了一整个夏天。

那是一座沿海的爱斯基摩村庄，虽然打不到鲸鱼，但岸边有海豹和海象，内陆有驯鹿和熊什么的，村人主要靠打猎为生。村子真的很小，大家都是熟人。那三个月过得太开心了。

回国时，我打从心底里觉得自己没白来这一趟。但过了一阵子，我便琢磨起来，这次阿拉斯加之行到底好在哪儿呢？

起初，书里的照片让我觉得很不可思议，"为什么会有人生活在这样的地方呢？"但我只在那里生活了短短的三个月就切身体会到，如果我是那个村子的年轻人，那我也会在自己出生长大的地方过一辈子，在那里画上人生的句号，而不去其他的世界，一切都是那么顺理成章。而且这份真真切切的感觉对我产生了巨大的影响。

当然，对生活在某个地方的人来说，那里就是世界的中心，世界就是围绕着那个地方成立的。这个道理适用于所有的民族，所有的国家。那三个月的经历，让我深刻体会到了这一点。对我来说，这也是那次旅行最大的收获。

后来我回到日本，但没有立刻决定要不要回阿拉斯加。当时我再次投入校园生活，对未来的方向产生了许多的迷茫。刚好在那个时候，我在私生活中遇到了一件事，对我产生了很大的影响。从小跟我最要好的朋友遭遇山难，不幸去世了。这是我第一次经历亲朋好友的死，我都不知道该怎么面对才好。毕竟我们说好要一起做各种各样的事情，可他突然走了啊。

在那之前，我都没怎么认真思考过自己的一生。而好友的离世，成了我认真思考今后要怎么活下去的契机。我琢磨了大概一年，突然得出了一个结论。结论很简单：做自己真正喜欢的事情吧！

一想到这儿，对阿拉斯加的向往就在我心里强势复活了，让我产生了再次回到阿拉斯加的念头。当时我还是个学生，可上了大学以后，我还是觉得有什么地方不对劲，总想去一个不一样的世界。怎么说呢，我觉得我必须多做一些自己现在想做的事情。

虽然之前没拍过照片，但我很喜欢看照片，便决定走摄影这条路，打算回到阿拉斯加，一边旅行，一边拍照。所以对我来说，并不是先有摄影，然后才想到阿拉斯加的，而是先想到从事和阿拉斯加的自然打交道的工作，后来才接触了摄影。

我刚才也说了，起初我打算先努力个五六年，想办法总结出一本以阿拉斯加为主题的影集。结果十年过去了，一眨眼都十四年了。我为什么会对阿拉斯加如此着迷呢？理由之一，应该还是大自然的魅力吧。阿拉斯加的自然是美国最后一片没有被破坏的净土，跟开拓时代的北海道差不多，但面积是日本的四倍。

对自然的向往当然是有的，但另一个重要的理由，终究还是生活在那里的人。

比如南极，也有非常宏伟的自然，但我肯定不会被南极吸引，因为那里没有人住。阿拉斯加住着爱斯基摩人和印第安人，还有许多从美国本土过去的白人。从这个角度看，阿拉斯加跟北海道有一些特别相似的地方。形形色色的人带着形形色色的价值观在那里生活。能邂逅各种各样的生活，应该也是我旅居阿拉斯加整整十四年的理由吧。

　　好比有的白人家庭至今生活在不通电也没有自来水的原野。各种各样的人生活在阿拉斯加，而他们生活的多样性，能在这片土地以十分简明易懂的形式体现出来。一直在日本仔细观察，肯定也能有同样的发现，但是对我来说，阿拉斯加是一片多样性体现得尤为明显的土地。

　　我感觉自己之所以被人的生活所吸引，原因大概可以追溯到最先去的那座爱斯基摩村庄。比方说，我要是遇到了一个跟自己差不多大的印第安年轻人，我一定会对他成长在一个跟我截然不同的环境这件事产生浓厚的兴趣。虽然成长的环境有很大的不同，但大家都是来人间走一遭。世界上有形形色色的民族，有各种各样的人，大家生活的环境都不一样，却有唯一的共同点，那就是每个人的人生都只有一次。那真是无可替代的一生，无论你是哪个民族的，无论你是什么样的人，都是一样的。像这样静下心来观察人们的生活，你就会发现，大家虽然要面对各种各样的问题，但每一个人都想以最好的方式度过一生。我觉得在这方面，大家都是一样的。

在思考这些的时候，我对其他人是怎么生活的，抱有怎样的价值观，看重什么东西，也就是对于他人的活法产生了好奇。"好奇别人的活法"是个容易引起误会的说法，但了解别人的活法真的能令我感到很安心呢。比方说，和与我年纪相仿的爱斯基摩人聊天时，我知道自己没法跟他过一样的生活，但是了解他的生活方式以后，我就会松一口气，而且我觉得，了解对方的生活，也有助于反过来看清自己的生活。

对阿拉斯加人来说，太阳是非常重要的东西。

四五天前，我有点急事要从这里打电话回阿拉斯加的费尔班克斯，那也是我现在住的地方。结果电话那头的人告诉我："今天有零下六十度呢！"现在是阿拉斯加最冷的时候。每天的黑夜特别长。如果是费尔班克斯的话，到了冬天，太阳要十点多才会出来露个脸，不到下午两点就下山了。而且太阳不会升到头顶，朝阳出来以后是横向滑动的，没多久就变成了夕阳。这就是阿拉斯加的冬天。

不过说来也挺有意思的，十二月底不是有冬至嘛？冬至一过，阿拉斯加人的心情就会轻松不少呢，我估计北海道也是这样的吧。为什么呢？因为冬至过后，日照时间会逐渐变长啊。其实一月到二月才是最冷的时候，可冬至一过，怎么说呢，就能隐隐约约感觉到春天的气息了，日照时间一天比一天长，也是一件特别值得高兴的事情。

　　反过来到了夏天，又会有一段太阳几乎不落山的日子，那就是所谓的白夜。而六月的夏至过后，大家心里就会空落落的。因为这天一过，日照时间就会渐渐缩短了。其实那个时候的阿拉斯加还没有入夏。夏天还没来，心里却已经听到了冬天的脚步声。

　　北海道也是北国，人们在心态上应该跟阿拉斯加人差不多吧。不过阿拉斯加在这方面特别极端，季节的变化特别有戏剧性，所以大家平时都会下意识地惦记着太阳呢。在夏至前后的那段日子，太阳几乎不会落山，每天都在头上打转。冬至则刚好倒过来，太阳基本上不露脸。所以我感觉自己在日常生活中成天想着太阳一整天在天上画了怎样的弧线。

　　话说某年夏至发生过一件很有趣的事情。费尔班克斯有一支跟日本的"社会人棒球队"⁹差不多的队伍，实力在全美都是排得上号的呢。好多年前，韩国的国奥队过来跟他们打了一场友谊赛，比赛那天刚好是夏至。

阿拉斯加有个老规矩：夏至那天，无论天色多么昏暗，在球场打比赛都是不能开灯的。大家把这个规矩理解成过节的传统就对了。可那天特别不凑巧，天阴了下来，乌云蔽天，四周昏暗得要命。比赛是晚上七点左右开始的。毕竟是白夜时期，换作平时，不开灯也打得了球，但那天实在阴得厉害，观众都看不清球在哪儿了。

于是韩国队便要求开灯。可费尔班克斯的球员们就是不答应，说今天是夏至，不能开。过了一会儿，天色更暗了，击球的人都看不到投手投出来的球了。韩国队忍无可忍，直接被气走了。但费尔班克斯的观众愣是没有一个人发牢骚呢。

当时让我觉得很有意思的是，对生活在阿拉斯加的人来说，夏至果然是一个非常重要的日子，因为那是全年日照时间最长的一天呀。

每年春天，我都会去北极圈拍驯鹿的季节性迁徙。

阿拉斯加是个几乎没有路的世界。要想深入北极圈，必须租小型飞机飞过去。这种飞机的飞行员叫无人区飞行员，专门负责把人送进深山，把物资送到一座座爱斯基摩村庄。在阿拉斯加，这是一种受人尊敬的职业，嚷嚷着"我长大要做无人区飞行员"的孩子可多了。只是这碗饭并不容易吃，尤其是飞北极圈的时候，地上没有现成的机场，着陆地点只能现找，所以经验不够丰富的话还是挺危险的。而乘客除了信任飞行员别无选择，所以每次都找同一个人呢。

下飞机后，我要在野外露营一个月左右，等待驯鹿大军。不过五月中旬的北极圈还冷得跟隆冬一样，仿佛完全没有生物存在似的。要再过一阵子，雪才会渐渐融化，候鸟也会同一时间飞来，拉开春天的帷幕。

驯鹿会在每年的那个时候从加拿大北极圈过来。

在这十四年里，驯鹿的季节性迁徙一直是我的头号拍摄主题。驯鹿们会在阿拉斯加北极圈长途跋涉数千千米，那它们为什么要踏上如此漫长的旅程呢？学界众说纷纭。有人说，这是因为北冰洋沿岸适合产崽。也有人说，原因在于冰雪一旦开始融化，驯鹿能吃的植物就会以非常快的速度生长。

狼和熊都盯着刚出生的小驯鹿，所以小鹿出生以后必须尽快站起来，跟着妈妈走。一般来说，只要熬过头三个星期，就不会被狼和熊之类的猛兽吃掉了。

四月前后，是爱斯基摩人捕鲸的时节。

直到今天，他们依然划着传统的爱斯基摩皮筏追逐鲸鱼。皮筏的材料来自一种叫髯海豹的大型海豹，把若干头的皮拼在一起，就成了一艘皮筏。从白令海到北冰洋的这片海域，在冬天是被厚重的冰层覆盖着的，但是到了四月底，冰层会在海流和海风的作用下出现龟裂，狭小的海面随处可见，人称"冰间水道"。鲸鱼会在那个时期从南往北游，但它们是哺乳动物，需要浮出水面透气。也就是说，它们是沿着冰间水道一路北上的。所以爱斯基摩人会把营地设在水道边，蹲守鲸鱼。

换句话说，没有冰，他们就打不了鲸鱼。因为在没有冰层的广阔海面，他们不可能划着皮筏追赶鲸鱼。可水道太小吧，也是不行的。为什么呢？因为就算能发现鲸鱼，发射鱼叉吧，可要是鲸鱼没有当场死亡，它就很有可能逃到冰层下面去。

我连着三年多在一座叫波因特霍普（Point Hope）的村子参加他们的捕鲸活动。还记得第一年的水道特别小，没法用鱼叉，有好几次只能眼睁睁看着鲸鱼在自己面前喷着水游走。

那年的风向和海流的动向不太好，水道迟迟不开。波因特霍普村的人也是头一次碰到那种情况。时间一天天过去，大家苦等了好几个星期，可水道还是不开。大伙能看到一头头鲸鱼游过远处的海面，无奈划皮筏去不了那么远的地方。

渐渐地，大家有些着急了。露营三星期后，很多人都不抱希望了。以前从没出现过整个捕鲸季一头鲸鱼都打不到的情况，所以营地的气氛非常凝重。半数村民放弃等待，回村里去了。剩下的一半还在坚持，苦苦等待水道的出现。

就在这时，海上刮起了方向正好的风，水道也渐渐打开了。

冰间水道打开的瞬间，是一种特别神奇的光景。我在营地经常给大家做饭。手上的活告一段落，稍微有点空的时候，我会去冰上散散步。每次出门，其他村人一定会提醒我："别走远哦！"为什么呢？因为冰层会毫无预兆地裂开，剥落漂走。可我毕竟没体验过，总觉得冰层明明那么结实，怎么会呢？

每个捕鲸的营地都要派一个人守夜，因为没人知道冰会在什么时候裂开。守夜人一般是营地里的小孩子。不到十岁的孩子要守一整晚，一边往火里加海豹油之类的燃料，一边盯着冰面。大人们都睡着。

一天夜里，我竟然在睡梦中听到了约德尔[10]。爱斯基摩人的约德尔跟瑞士的不一样，模仿的是海象的叫声。我听到的就是这种声音。爱斯基摩人用约德尔报警，而冰层剥落是最常见的险情之一，所以我也急忙跳了起来。往外一看，只见离我们的帐篷还不到二十米的冰面裂开了，一大块冰悄无声息地剥落，越漂越远。水道起初只有河面一般宽，可是一眨眼的工夫，原本一眼望不到头的冰原迅速裂开……在那一刻，我终于深刻意识到，那就是村人叮嘱我的原因。那光景真是可怕极了，但也非常动人。

闲话就扯到这儿吧。对爱斯基摩人而言，鲸鱼的表皮部分，也就是所谓的"鲸皮"是非常宝贵的食物。"真想快点吃上鲸皮啊，可是今年大概吃不上了……"大家都快绝望了。

谁知突然有一天，我们接到消息说，有人在远离我们营地的地方打到了鲸鱼。怎么办？所有人都要出海。为什么？虽然无论是谁打到了鲸鱼，大家都能分到鲸鱼肉，但鲸鱼那么大，一艘筏子是肯定拉不动的，必须大家齐心协力拉。而且能分到哪个部位，是根据到达现场的顺序决定的。所以大家都以最快的速度坐上皮筏，划桨出海去了，营地瞬间空了。毕竟大伙儿等了三个多星期，还以为今年要空手而归了呢，听到这样的好消息，心情自然激动。说激动大概还不够贴切，应该是高兴得眼泪都快掉下来了。

　　于是我也急忙赶回营地拿相机。拿了相机回到岸边时，却发现跟我们住在同一个营地的老奶奶就在岸边。没打到鲸鱼的时候，她真的特别难过。一听到好消息，她就来到岸边的冰面上，一个人跳起了舞。

　　起初我不知道她在干什么，但细细一想，那一定是在打到鲸鱼的时候跳的感恩舞，是老祖宗传下来的。只见她在没人的地方唱着歌，跳着舞……那样的场景果然还是很动人的。那一刻，我深刻理解了捕鲸对于他们的意义。直到现在，每次想起捕鲸，那一幕都会浮现在我脑海中。

打到的鲸鱼自然是要肢解的，在肢解的过程中，也有一个格外动人的场面。爱斯基摩人是怎么肢解鲸鱼的呢？动手的是年轻人，但他们必须认真听取老人家的指示。老人没有力气，所以他们会站在鲸鱼周围下达指令。年轻人站在鲸鱼身上，根据指令下刀。我觉得这种老人家有话语权的社会是非常健康的。

爱斯基摩人的生活正面临着巨大的变化，现代化的浪潮汹涌而来。本族的文化在逐渐流失，但他们终究难以融入西方文明，这便引发了各种各样的问题，比如酗酒，又比如年轻人自寻短见。可是参加捕鲸的爱斯基摩年轻人的脸上分明洋溢着自信，这让我不由得感觉到，捕鲸对他们而言无异于民族身份认知的最后一根支柱，最后一道堡垒。

等到冬去春来，美洲黑熊便会钻出它们冬眠的洞窟。

美洲黑熊和分布在日本本州的亚洲黑熊是同一个属的，但阿拉斯加的黑熊要更大一些。

有一次，我来到北极圈的爱斯基摩村庄安布勒（Ambler）附近。一位爱斯基摩朋友的儿子知道熊的巢穴在哪儿，便带我过去了。听说熊就快出洞了，所以我决定过去瞧瞧。

谁知我们在巢穴边上守了三四天，却迟迟没有熊要出来的迹象。那天又特别暖和，以至于我俩都躺在雪地上睡着了。

一个多小时后，我睁眼一看，只见雪地上冒出了一对黑色的熊耳朵。我吓了一跳，连忙把小伙伴摇醒。我做梦也没想到自己能亲眼见证熊走出冬眠洞穴的场面，感动得一塌糊涂。那只熊先抬起头，环视四周，然后才慢慢钻了出来。那一幕光景能让人真真切切地感觉到，春天真的来了。

说起熊，我去阿拉斯加南部拍照时遇见的北美灰熊母子也是难忘的回忆。

遇到熊不怕，最怕的是带着孩子的熊妈妈。和北海道相比，阿拉斯加的视野更开阔，所以突然撞见熊的概率不是很高，但偶尔会出现妈妈和孩子离得很远的情况。要是不知不觉中走到了母子之间，那就非常危险了。

话说撞见灰熊母子那次，我是跟一位学者朋友一起去的。朋友长年研究本地的熊，所以能大致辨认出哪只是哪只。我们遇见的那只母熊，也是他从小看到大的呢。

我们起初在河边的土堤上看灰熊母子抓大马哈鱼，谁知熊抓完以后，居然往我们这边来了。我有些担心，心想不会出事吧？眼看着熊越走越近，我便问朋友："怎么办啊？"他回答："现在走已经迟了，就这么坐着吧，别动了。"于是我就继续坐在原处。

就在这时，走到跟前的熊竟然一屁股在我们身旁坐下了。

小熊起初格外紧张，熊妈妈倒很放松。见状，小熊也一点点平静下来。我当然也紧张得要命，可不知道该怎么办才好，整个人都僵住了。但朋友刚叮嘱过我，"不要紧的，绝对别动"，所以我都没法侧头看它们，只能跟朋友双双保持面朝正前方看着河的姿势。如果当时有人在对岸拍照，应该刚好能拍到人和熊排排坐看河景的场面。

熊坐在我们身边的时间其实不到五分钟，可是现在回想起来，我还是觉得那段经历特别不可思议。原野那么广阔，我们怎么就偏偏坐在了那儿？我到现在还没想通呢。

然后呢，到了夏天，会有许许多多的座头鲸从夏威夷游过来。

为什么座头鲸要从夏威夷迁徙过来呢？夏威夷以海景美著称，可是对座头鲸来说，那其实是一片很贫瘠的海。怎么个贫瘠法呢？说白了就是食物太少。阿拉斯加的海就不一样了，海面看起来很混浊，什么都看见，但这并不是因为脏造成的，反而代表了丰饶。海水混浊，正是富含浮游生物与小鱼等生物的证据啊。

所以座头鲸每年夏天都要来阿拉斯加，埋头吃上半年，到了冬天再回夏威夷那边繁衍后代。

座头鲸的觅食行为非常有趣，大家大概也在电视上看到过吧。

一旦发现鱼群，三到五头座头鲸便会游过去，一边在鱼群下方吐泡泡，一边转圈。于是海里就出现了一堵气泡墙，把鱼围了起来。鱼害怕气泡，吓得直往海面逃，而座头鲸会看准时机，张开大嘴，跟火箭一样冲出海面。

有趣的是，我们能在座头鲸即将跃起的一分多钟前听到它们的歌声。我也通过水中麦克风听过，那是一种特别神奇的声音。当时，我们是好几个人坐在一艘小船上。因为歌声太不可思议了，大伙儿都开始抢耳机了。于是我摘下耳机，竖起耳朵仔细一听，海面竟然传出了歌声。

片刻后，海面上形成了一个直径十米到十五米的大号气泡圈。成群结队的鲸鱼张着嘴冲了出来。

鲸鱼对声音很敏感，所以平时我们都会关掉小船的引擎，静候它们浮上海面。还记得有一次，我们的小船周围突然出现了一个气泡圈。在那一刹那，所有人面面相觑，随即慌忙探头俯视海面，只见鲸鱼浮上来了。

这下怎么办？没想到鲸鱼在快要跳出来的那一刻游出了气泡圈，调整了行进的方向，换了个位置出水。因为它之前一直潜在海里，所以出水后出了好长的一口气。

说到底，是我们坏了鲸鱼的好事。但这件事让我感动不已。鲸鱼追了鱼群那么久，又是吐泡泡，又是唱歌，最后调整姿势，正要浮上水面，头顶却突然出现了一艘小船……它为什么要在起跳的那一瞬间改方向呢？我觉得特别不可思议。

当时，鲸鱼的背刚好碰到了我们的橡皮船，把船推开了一些。那种感觉我这辈子都忘不了。鲸鱼真的是庞然大物，它只要稍微用力甩一下，小小的橡皮船哪里招架得住，但它并没有这么做。我也不知道它为什么做出那样的反应，反正鲸鱼就是一种有着神奇魅力的动物。

而秋天是阿拉斯加的各种树果成熟的季节。

无患子、蓝莓、蔓越莓……阿拉斯加没什么水果，所以那边的居民非常珍惜树果。每到这个时期，人们便会全家出动，摘够一年份的，做成果酱，或是冷冻储藏。超市的货架上也摆着一排排的空果酱瓶呢。一看到那个场面，我便会觉得：啊，秋天来了。

另外，爱斯基摩人还会在秋天挖一种叫爱斯基摩土豆[11]的小树根，煮着吃什么的。别看它的名字里有"土豆"这两个字，其实它不是真的土豆，而是小小的树根。

我曾经跟着一位爱斯基摩老奶奶去科伯克河（Kobuk River）流域找爱斯基摩土豆。老奶奶一边用脚试探地面，一边找老鼠洞。为什么呢？因为每年这个时候，老鼠会在洞里囤积大量的爱斯基摩土豆，为过冬做准备。找到老鼠洞以后，她只拿走了一半的土豆，又放了些鱼干回去作为谢礼，最后再把洞埋好。

老奶奶的逻辑很简单：我要吃老鼠的东西，就得拿一些自己的吃食出来，还给老鼠。老奶奶那代人真的还保留着这样的观念呢。只是年轻人好像越来越不讲究这些了。

对阿拉斯加人而言，驼鹿是另一种宝贵的食物。秋天有长达两个月的狩猎季，不过打猎前必须先申请许可。驼鹿广泛分布于阿拉斯加各地，体重足有六七百千克，是一种体型很大的动物。在我居住的费尔班克斯，要是有人说"今晚吃肉哦"，那么出现在餐桌上的十有八九是驼鹿肉。驼鹿肉非常好吃，如果你把一盘牛肉和一盘驼鹿肉同时摆在一个阿拉斯加人面前，他绝对会选驼鹿肉的。这种肉很有野味的感觉，我是很喜欢的。

我既喜欢吃驼鹿，又喜欢看驼鹿。它们是一种让人看着很安心的动物呢。不过驼鹿其实是很强壮的，每年这个时候，都会有熊打小驼鹿的主意，但熊很难得手，反过来被驼鹿妈妈攻击的场面我倒是见过好几次。驼鹿每胎产两只小鹿，可是千防万防，还是会被熊和狼吃掉一只。两只都活到秋天的情况真的很少见。

阿拉斯加就是这样四季分明，春夏秋冬都有。

第一次来阿拉斯加的话，我比较推荐秋天。

北国的红叶总是格外好看，北海道也不例外。阿拉斯加的红叶也特别美。叶子大约在八月二十五号前后红起来，在九月中旬之前是全盛期。那段时间也能看到极光，所以第一次来的话，没有比这更合适的时候了。极光不是只有冬天才有，其实天上一年到头都有极光。只是夏天的天空不会暗下来，所以人眼看不见。到了八月，夜里的天色越来越暗，于是便能看到极光了。

讲了这么多，算是走马观花地带大家领略了一下阿拉斯加的四季与自然吧。最后，我想再跟大家聊一聊北极圈的环境保护问题。

北极圈看似是一片什么都没有的土地，其实每个角落都有生命在繁衍。好比驯鹿，就会随着季节的变化迁徙过来。而且北极圈对候鸟来说也是不可或缺的集散地。遗憾的是，人们已经围绕着埋藏在这片地区的原油争论了足足二十多年。

说到底，这就是一道选择题。是开发油田，还是保护环境？现任阿拉斯加州州长对开发的态度相当积极，这着实让我遗憾。不过反对的声音也非常强劲，还不知道事态会朝哪个方向发展。

在思考北极圈的自然时，我总会联想到非洲的肯尼亚。

我没去过非洲，但是看看拍摄肯尼亚大自然的照片，你就会发现那里的动物很多，游客也很多。一头狮子周围停满了观光车，每每看到这样的场面，我心里总有些莫名的伤感，但与此同时，我也觉得那些动物应该是可以活下去的吧。毕竟国家公园有许许多多的游客光临，靠观光盈利的模式是站得住脚的，无论那些动物的生活状态离野生有多远，它们总归是能活下去的吧。

那阿拉斯加北极圈呢？好比驯鹿的季节性迁徙，就是地球上仅存的野生动物大迁徙了。问题是，我们能不能把它们保护好呢？它们太野生了，恐怕会有些难处。是最后一片没有被人破坏的自然深深吸引了我，可这样的自然反而有它的弱点。因为它太野生了，人类难以靠近，所以无法带来收益。也就是说，因为那是个游客去不了的地方，所以一旦发现油田，反对开发的人自然多不了。

但我一直觉得，阿拉斯加的自然本不需要有很多人去啊。好比驯鹿的大迁徙吧，即便是住在阿拉斯加的人，亲眼见过的也没几个。百分之九十九的人一辈子都不会见到。阿拉斯加就是那么广阔，见不到也完全没问题啊。既没必要过去，也没必要看到。但是它们在那里存在着肯定是很重要的。我感觉地球上还留有那样的世界是很要紧的。

为什么呢？因为那里要是什么都没有了，我们就想象不出各种各样的东西了。

比如狼的问题，在今天的阿拉斯加是越来越严重了。其实无论有没有狼，我们的生活本身应该都是一样的，但要是地球上一匹狼都没有了，我们就再也没法想象狼了啊。某个地方有狼这件事，总归能给我们展开各种想象的机会吧，我觉得这可能就是有没有狼的重要区别。

从这个角度看，对人类来说不可或缺的自然其实有两种。

一种是大家身边的自然。好比自家附近的森林、河流与小鸟什么的，这种贴近日常的自然的确很重要呢。那是会在每天的生活中变化的自然。而另一种则是遥远的自然。我觉得这种自然对人类也是很重要的。

也许你一辈子都去不了，但是只要自然还留存在某个遥远的地方，说不定你有朝一日就能去那里。也许你一辈子都没法亲自过去，但自然时刻在你心中。这种遥远的自然，也是无比珍贵的。

阿拉斯加并不是唯一的特例。非洲也好，南美也好，日本也罢，就算你不去，就算它和你的日常生活无关，只要它在那里，就能充实人心。我觉得这样的自然真的存在。

第四章

真正的野生

1993年4月23日，星野道夫做客立教大学学生部研讨会「环境与生命∨」，发表题为「Alaska——如风般的传说」的演讲。

说是让我今天过来讲一讲"环境与生命"，但这个主题太一本正经了，我不想搞得太拘束，还是跟大家分享一下我这些年在阿拉斯加的各种经历吧。

　　在座的同学们也许有去过阿拉斯加的，不过我觉得，没有去过的人大概都不知道阿拉斯加是个什么样的地方吧。其实阿拉斯加离日本很近的，想当年有直飞航班的时候，只要六个多小时就能到安克雷奇了呢。所以单看距离的话，那里跟夏威夷差不多远，但是在大家的脑海中，阿拉斯加肯定是个非常遥远的世界吧。

　　其实不住在阿拉斯加的美国人也有同样的感觉。

看看地球仪就知道了，阿拉斯加跟美国本土隔得很开，中间还夹着加拿大呢，别提有多远了。

我在阿拉斯加有一位纽约出生的朋友。有一次，我趁他回纽约过圣诞节的时候过去找他玩。他住在曼哈顿的公寓里，那一带的公寓基本上都有门童的，有人来做客的话，主人一定要先把他介绍给门童。话说那位门童总是盯着我看，那感觉就像是他一直在找机会问我问题似的。

起初我也很纳闷，后来才意识到，阿拉斯加虽然也是美国的一部分，可是对生活在纽约的人来说实在太遥远了。比起日本人心目中的阿拉斯加，很多美国人心里的阿拉斯加还要更远一些。所以我每次回公寓，门童都想找机会打听打听，阿拉斯加到底是个什么样的地方，那边的人到底过着怎样的生活吧。

他们对阿拉斯加的了解非常有限，有限到让我暗暗吃惊，明明是同一个国家，怎么会一无所知到这个地步呢。看来在他们眼里，阿拉斯加果然是个非常遥远的世界啊。他们会问，爱斯基摩人现在还住在冰屋（igloo）里吗？那边是不是冰天雪地的啊？他们对阿拉斯加的印象，真的跟日本人差不了多少。

可阿拉斯加其实是有四季之分的。我是一个多星期前回国的，现在恰好是阿拉斯加冬去春来的时节呢。我启程的前一天还出现了极光，不过在即将到来的季节，极光会越来越难看到。为什么呢？因为阿拉斯加的日照时间正在迅速变长，每天都要比前一天多出七分钟左右。日照时间每天增加七分钟可不得了，十天下来就是一个多小时了啊。到夏至那会儿，太阳就几乎不下山了。

阿拉斯加的冬天正如大家想象的那样，寒冷而漫长。尤其是我住的费尔班克斯，最冷的时候，气温会降到零下六十度左右。但是正因为有漫长的冬天，人们才会为春天的到来而欢喜啊，我觉得北海道和其他北国的居民应该也是一样的吧。

　　阿拉斯加的居民总是时刻惦记着太阳，反正我就是这样，其他人肯定也差不多吧。如果你住在东京，平时应该不太会想到太阳，也很少会去看太阳吧。你几乎不会在日常生活中考虑到太阳从早到晚是怎么运行的，或是在天上画了一条怎样的弧线什么的。但是在阿拉斯加就不一样了，那边毕竟是高纬度地区，太阳是如何运行的，说得再具体些，就是太阳在一天之中描绘的弧线便成了大家非常关心的一件事了。

　　到了冬天，日照时间会迅速变短，朝阳要到快十一点的时候才升起来，稍微越过地平线探个头，在天上画出一道小小的弧线，便成了夕阳。然后随着春天的临近，弧线又会变得越来越大。太阳的这种变化总是让人格外牵肠挂肚。

　　说起太阳，还有过这么一件趣事呢。在阿拉斯加，一到夏天，棒球就成了非常热门的运动。孩子们爱打，大人们也爱打。那边还有业余棒球联盟，就跟日本的"社会人棒球"似的，稍微有点规模的城镇都是有棒球队的，每到夏天就会举办各种比赛。费尔班克斯有一支棒球队，叫淘金者队，实力在全美都是排得上号的。话说很多年前，韩国的国奥队去阿拉斯加跟他们打了一场练习赛。

比赛那天刚好是夏至。棒球比赛嘛，当然是晚上七点多开打，但是阿拉斯加有个规矩，在夏至那天打比赛，球场是不能开灯的，天色再昏暗也不能开。

在那个季节，即便是晚上，天色也很亮，球场是不需要开灯的。可惜那天天公不作美，费尔班克斯上空被乌云笼罩，非常昏暗。我就坐在看台，却连投手扔出来的球都看不清楚呢。

于是韩国队就投诉了，要求开灯。可阿拉斯加的球队拒不接受，说今天是夏至，再暗也不能开灯。比赛在昏暗的球场继续进行，连观众都看不清投手扔出来的球了。过了一会儿,韩国队又抗议了,说这么打球太危险了,要求打开球场的照明灯。可主队还是继续摸黑打球。韩国队忍无可忍,一气之下罢赛走人了。

看台上的观众们没有一个发牢骚的,不过让我觉得很有意思的是,这件事充分体现出,对生活在阿拉斯加的人而言,夏至这一天有着多么重要的意义。毕竟那是一年里出太阳的时间最长的一天啊。大家熬过了一个漫长的冬天,没有比太阳的温度什么的更让人欢喜的了。他们果然是把夏至当成节日看的。

但夏至也有另一个相反的侧面。夏至在六月末,夏天在那个时候还没有真正到来,但是从夏至的第二天开始,日照时间是会逐渐缩短的,直到冬至。所以夏天明明还没来,大家就听到了冬天的脚步声,在心里产生了冬天又一点点临近了的意识。

所以十二月的冬至和夏至刚好相反。最寒冷的季节其实是一月和二月，真正的隆冬马上就要开始了，可大家的心情会在这一天之后轻松许多。因为这天一过，日照时间就会一点点变长，所以冬天明明还没来，大家就能在心里感觉到春天的气息了。如果你生活在城市里，是绝不会有这样的感觉的，但是在阿拉斯加待久了，你就会深刻体会到，太阳与人类的生活有多么密切的关系。

今年是我移居阿拉斯加的第十四个年头了，再跟大家聊聊我为什么去阿拉斯加吧。

上高中的时候，我很喜欢山，爬了很多日本的山。当时我对北海道产生了非常强烈的向往。那个时候，北海道对我来说都是个很远很远的地方呢。我心里总想着，有朝一日要去北海道走走看看，还翻看了各种北海道的古代文献。

现在回想起来，那也是我对自然产生浓厚兴趣的时期呢。我这人特别喜欢野生动物，所以惦记北海道的时间长了，我便对北海道至今栖息着棕熊这件事产生了强烈的好奇。

这话是什么意思呢？我每天都生活在东京，坐电车去学校上课。我在城市里生活，但与此同时，棕熊也在北海道的某个地方活着。这件事让我觉得特别不可思议。仔细想想，北海道有山林，有自然，那么有各种动物栖息在北海道再理所当然不过了，但是熊那硕大的体型，还有其他的林林总总，都让我觉得不可思议。

上了大学以后，对北国自然的向往渐渐超越了北海道。想去看看更靠北的自然，想去更靠北的地方看看……我心里逐渐萌生出了这样的念头。可能是当时看的各种各样的书对我产生了影响吧，也不知道为什么，我对阿拉斯加产生了强烈的兴趣，心想要是有朝一日能去看看就好了。

可那都是二十多年前的事情了，当年在哪儿都找不到和阿拉斯加有关的文献啊。不过有一次，我在神田的外文旧书店找到了一本阿拉斯加的影集。

书是全英文的，挺难读懂的，好在有很多照片，所以我每天都要拿来翻翻。

当时我还完全没想过要当摄影师什么的，只是特别喜欢看照片。那本影集拍得特别好，里面有一张照片是我的最爱，是因纽特村庄的航拍照片。摄影师在夕阳正要沉入北冰洋的时候，用逆光的角度按下了快门。只见一座小岛漂浮在北冰洋上。那张照片实在太震撼了，每天看它几眼成了我最期待的事情。起初我就是被那张照片吸引的。

后来，我心里产生了一个越来越强烈的疑问："为什么会有人生活在这样的地方？"人居住的村庄，就这么孤零零地出现在一片什么都没有，特别荒凉的地方。毕竟是航拍照片，所以村里的房屋都只有模糊的轮廓呢。我在翻看那张照片的过程中，想去那座村庄看看的念头变得越来越强烈了。照片的说明文字里恰好提到了村名，我就想，要不写封信过去试试吧。当然，我不知道具体的地址什么的，于是只在信封上写了村名，外加"阿拉斯加"和"U.S.A."这几个字，内容的中心思想是"我想去你们村子住一段时间"。那年我十九岁。我本以为回信肯定是指望不上的，就对着阿拉斯加的地图，在北冰洋沿岸挑了六个尽可能小的因纽特村庄，写了六封一模一样的信，只改了下村名就寄出去了。我心想，寄了这么多，总会有人回信的吧，可是大多数的信都因为收件人不明被退回来了。

因为迟迟没有收到回信，我都放弃了，差点把这件事给忘了。谁知过了半年多，我放学回家一看，发现信箱里多了一封航空信。原来是我最开始想去的那座村子的一家人回信了。

回信写得非常简短，对方表示，"你尽管来吧"。那家人是放牧驯鹿的，说夏天他们那边有很多活要干，我可以过去搭把手。于是这封信便成了我第一次踏上阿拉斯加的契机。原本朦朦胧胧的向往终于变成了现实，阿拉斯加终于真真切切地在我眼前出现了。

然后在十九岁那年的暑假，我真的去了那座村子，住了快三个月。我在那里有了许许多多的体验，而这次旅行也对我产生了巨大的影响。回到东京以后，我回归了校园生活。当时我还不知道自己以后会不会回到阿拉斯加，但那三个月的旅行带来的种种念想是刻骨铭心的，而且这些念想应该在不知不觉中沉淀出了一定的厚度。

在私生活中发生的另一件事，也对我产生了很大的影响。大二那年，我的至交遭遇山难，不幸去世了。我们上初中的时候就成了好朋友，本想一起做很多很多事的。我不知道该如何消化这件事，苦恼了一年多。我思考了很多很多，想通过那起事故得出一个结论，往前走，可是总也迈不出那一步。

纠结了一年多，我终于找到了答案。答案本身很简单，那就是"做自己喜欢的事情"。这个念头在我心中变得格外强烈了。在事故发生前，我只是个享受着大学生活的寻常学生，但朋友的离世让我第一次认真考虑了自己以后到底该做些什么。

那应该是我念大二、大三的时候吧，也不知道为什么，校园生活突然变得非常遥远了。怎么说呢，我感觉自己回不去校园了，潜意识里有一种"我要往截然不同的方向走"的感觉。也就是说，想再一次深入阿拉斯加的自然，必须再一次回到阿拉斯加的念头，在我心里变得格外坚定了。

别看我现在从事着摄影师的工作，其实我当年连相机都不曾像样地碰过几次。我是喜欢看照片，可是几乎没自己按过快门啊。但是想重回阿拉斯加的念头实在太强烈了，促使我选择了摄影这条路。

给一位动物摄影师当了两年的助手之后，我回到了阔别四五年的阿拉斯加。我本想先在阿拉斯加待五年，把这五年拍的照片归纳成一本影集，然后就换个地方。可是真动手拍摄起阿拉斯加以后，我便意识到，五年太短了，根本不够用啊。

为什么阿拉斯加会让我这么神魂颠倒呢？那边的自然所独有的宏伟当然是其中一方面的原因，但我觉得更重要的原因，还是在于我邂逅了生活在那里的人。那里有人生活着是一件非常有意思的事情，我们可以把它总结成生活的多样性吧，无论是住在原野的白人，还是爱斯基摩人或者印第安人，都要面对各自的问题。这些形形色色的生活，就是我被阿拉斯加深深吸引的一大契机吧。

有一次，我要给杂志写一篇文章，主题是"人为什么要来阿拉斯加"。我正好有个朋友，他们全家都是从美国东海岸的马萨诸塞州搬来的，于是我就想写写他们的故事。

他们跟我一样，也是在1978年移居阿拉斯加的。我碰巧结识了那家人的儿子，一来二去就混熟了。他是阿拉斯加大学的学生，我刚好也是在那一年入学的。

认识两年多以后，他跟我讲起了全家搬来阿拉斯加的原因。他们家一共有五个孩子，但原来还有个女儿的。不幸的是，这个女儿被她的朋友害死了。我这位朋友的妈妈叫帕特，在悲剧发生的两个月后，她开车带着孩子们从马萨诸塞州去阿拉斯加兜风。这两个地方离得非常远啊。为什么妈妈要带着孩子们一路开去阿拉斯加呢？她本想在那边住上一个冬天，然后就回马萨诸塞州去的。

听朋友这么一讲，我便想，要不就围绕"人为什么要来阿拉斯加"这个主题，写一写帕特的故事吧。那家人经常在我拍完照回来的时候招呼我去家里吃晚饭，而帕特总会非常认真地听我讲述旅途的见闻。不久后，她就靠自己的双脚走进了阿拉斯加的自然。在孩子们的帮助下，她去到了平时不会有人去的原野，开始一边露营，一边观察驯鹿大迁徙了。

准备动笔的时候，我跟她打了招呼，征得了她的许可。不过我并没有为了这篇文章采访她。文章里提到了她女儿遇害的事情，所以后来我把用日语写的文章翻译给她听的时候，她还挺惊讶的，没想到我会知道那些事。

现在回想起来，我大概是在这家人身上看到了自己的影子。

当时我没能写清她来到阿拉斯加的理由，但关于她为什么会被阿拉斯加吸引这件事，换个说法就是"人类为什么会被自然吸引""为什么自然对人类而言是必要的"。刚认识那家人的时候，我总觉得他们好像背着某种沉重的包袱，但是没过多久，妈妈和孩子们便走进了阿拉斯加的自然。在这个过程中，我起初感觉到的那种压在全家人肩上的重担都一点点消失了呢。

每个人都有日常的生活。比如在座的各位同学有大学生活、校园生活，上班族也有每天的单位生活。大家总是被这样的生活追着跑。然而在完全不同于日常生活的另一个维度，有"自然"这样的东西存在。比一个人的一辈子什么的悠久得多的自然，跟我们的日常生活是同步流动的。

我们平时很难察觉到这一点呀。在日常生活中，我们有时会遇到那种让人突然想起自然的瞬间，比如在上学路上发现花开了，或是看到鸟从天上飞过。这当然也是很宝贵的自然，但世上还有另一种非常悠久的自然，它存在于另一个维度，是一股非常大的自然洪流。在邂逅这种东西，意识到这种东西的时候，我在自己心中得到了一股巨大的力量。我感觉这种人性层面的心境是真的存在的。

在凝望阿拉斯加的自然的同时，我也察觉到，看到或是意识到真正悠久的自然，会成为人生的巨大动力。好比帕特吧，失去女儿的悲哀与伤痛怕是一辈子都无法平复了，但是与自然的邂逅为她注入了巨大的力量。我觉得这种人性层面的心境一定是存在的。我自己想要去阿拉斯加看看的时候，心里也有想看看无比宏大的自然，想见识见识震撼人心的自然这样的念头呢。

所以我感觉，对人类而言无比重要的自然好像有两种。

一种是我们在日常生活中能真正接触到的身边的自然，比如自家附近的森林啦，校园里的树木啦。这样的自然当然是很重要的。

另一种重要的自然则是遥远的自然，虽然我们在日常生活中不会跟它有交集，但它就存在于地球的某个角落。这个自然可以是北海道，可以是阿拉斯加，也可以在别的国家。这种自然也是很宝贵的，你可能不一定要亲自过去，但只要它在那里，你的内心就会变得很充实。我觉得这样的悠久自然也是存在的。

阿拉斯加的自然就有很多后一种属性的元素。比方说，阿拉斯加还栖息着许多狼。

狼在美国本土已经灭绝了，但是在阿拉斯加，它们依然保持着和数千年前一样的生活模式。这一点宝贵在哪里呢？例如，如果我生活在东京的话，无论阿拉斯加有没有狼，我这辈子都见不到。住在阿拉斯加的人也一样，见过狼的没几个。

但是能意识到世上还有一个有狼活着的世界，对人类来说也是很重要的，不是吗？

比方说，如果这片校园里的树全都被砍掉了，大家一定会很难过的，对吧？可就算是在和我的生活完全搭不上边的地方有自然在逐渐消逝，我的日常也不会受到任何的影响。就算阿拉斯加的狼灭绝了，跟我的日常生活也没关系。但灭绝会造成一连串的缺口，损失大到不可估量。这跟内心是否充实什么的也有很大的关系，我觉得遥远的自然在这方面真的很重要。

所以，注视自然可以是观察野鸟，可以是上山接触自然，也可以是赏花，不过我说我喜欢鸟的时候，鸟活在世上这点的有趣之处，说到底其实就等于我活着的有趣之处呢。我觉得对自然的兴趣，究其本源其实就是对自身生命的兴趣。

"多样性"是我非常喜欢的一个词。为什么遥远的自然对我们是必不可缺的？因为我觉得在我们的生命中，有两种多样性是非常关键的。

一种是生物多样性，就是地球上不光有人类活着，还栖息着各种各样的生物。比方说，只要世上有狼，我就能换一个稍有不同的角度，再一次审视自己。一匹狼也没有的世界和虽然没法亲眼看到，但是的确有狼活在某个角落的世界差得远了。差距就在于能不能想象这一点上。拥有"狼活在某处"的意识，还是能给我们很多遐想的空间的，内心世界也会充实不少。狼只是我举的一个例子，总之我想表达的是，世上有各种各样的生物活着，这点能反过来给我们人类提供深入审视自己的机会。

至于另一种宝贵的多样性，就是人类生活的多样性了。形形色色的人带着多种多样的价值观活着，或是在多种多样的土地上活着。身在阿拉斯加，你就能深刻感觉到这种多样性的宝贵。白人里也有住在茫茫原野的人，大家各自抱着不同的价值观活着。爱斯基摩人，印第安人……看着大家活出各自的价值观，我就会特别安心。为什么呢？因为我能通过观察和我有着不同价值观的人来了解自己。身在阿拉斯加，你就会感觉到这种多样性有多重要。

现如今，我们能自由自在地周游世界，毫不费力。一眨眼就能去到欧洲，去美国也简单得很，所以大家往往都觉得，世界好像已经变得非常小了呢。

但是在阿拉斯加的生活让我感觉到，世界其实还是很大的。世界之大，终究还是要通过当地人的生活才能真正理解吧。邂逅那里的每一个人，跟他们聊一聊，了解各种人的活法，体会他们的价值观。我觉得只有这样，才能真正懂得世界有多大。

每年春天，我会深入阿拉斯加北极圈拍摄驯鹿的季节性迁徙。

那是个完全没人的世界，所以得包一架很小的赛斯纳飞机飞过去，在雪地上着陆，然后要在野外露营三星期到一个月左右，住在那里拍。阿拉斯加有很多开赛斯纳运送乘客与物资的飞行员，叫"无人区飞行员"。野外是没有跑道的，所以这是一种很讲究技术的工作。飞行员要综合积雪的状态等各种因素，在河边之类的地点着陆，难度非常高。每一位飞行员都有很强的职业自豪感。有时候，他们甚至需要在冰上、苔原上着陆。我一般都是五月底到六月初过去的，而那刚好是着陆难度非常大的季节。因为雪就是在那个时候开始融化的，积雪太软了，所以即便是装了滑雪板的飞机也没法着陆。好容易看到了下面的泥地吧，土又太软了，没法用轮胎着陆。也就是说，必然会出现滑雪板跟轮胎都不顶用的情况，而且这样的情况要持续两个星期。在那段时间里，就算天塌下来了，飞行员也不会来接的。那个时候去野外露营是绝对见不到人的，有时候能看见狼从远处穿过，有时候则是熊妈妈带着小熊走过去。看到那样的景象，我便会感叹，这真的是一个跟好几千年前，甚至一万年前完全一样的世界啊。

而春天就是在那个冰雪迅速消融的时期开始的。在那之前，"毫无生命的世界"会是那边的风景留给你的第一印象。但是在那个时期，只需要一两个星期的工夫，冰雪就融化了，河水再次流淌起来，候鸟也飞来了，一个截然不同的世界呈现在你眼前。在冰雪开始融化的同时，植物开始绽放花朵，这种春夏之间的过渡真的很有戏剧性，我很喜欢那个季节。你会不由得感叹，原来能看到地表的泥土会让人那么开心。那时候，天已经不太冷了。

然后，驯鹿便会从加拿大北极圈出发，长途跋涉来到阿拉斯加北极圈。

据说驯鹿一整年的迁徙距离长达数千千米，非洲的角马也是一种以大规模的季节性迁徙著称的动物呢。我觉得它们应该是旅途最宏伟的陆栖动物了。

但是住在阿拉斯加的大多数人都看不到驯鹿的迁徙呢。从一万多年前开始，它们的恢宏旅程一直没有改变过，可那是只有内陆的印第安人与爱斯基摩人才有幸一窥的世界。我能通过它们的迁徙感受到阿拉斯加的大自然有多么深邃的胸怀。

来自四面八方的驯鹿群分批朝北极圈进发。在这个时期，母鹿几乎都有身孕。不过它们进入北极圈的路线每年都不一样，从这个角度看，驯鹿着实是一种神秘的动物。阿拉斯加的大自然深深吸引了我，而我最感兴趣的动物就是驯鹿。我觉得它们就是阿拉斯加大自然的名片。

波因特霍普是一座以捕鲸著称的村庄，我也跟着村里人一起去捕过鲸。他们捕鲸的全过程都美妙极了。爱斯基摩人的生活正在飞速变化，他们带着形形色色的问题，被卷入了现代化的浪潮。在这个过程中，他们愈发不自信了，酗酒、自杀之类的问题层出不穷。但是在捕鲸的时候，因纽特青年的脸上分明洋溢着自信。能有幸看到这样的场景，我真是打从心底里高兴。

从四月底到五月，整个冬天被厚重的冰层覆盖的白令海与北冰洋会一点点裂开。在海风和海流的作用下，龟裂会在大海的角角落落形成。鲸鱼总是在这个季节从南方游过来。它们是哺乳动物，所以必须浮上海面换气。也就是说，鲸鱼是沿着冰层的裂缝从白令海北上北冰洋的。冰层的龟裂形成的小海面被称为"冰间水道"。我去的波因特霍普村本来就是在捕鲸路线旁边形成的村庄，离每年出现冰间水道的位置非常近。村人在冰上扎营，蹲守鲸鱼。捕鲸能否成功，在很大程度上取决于冰间水道的大小，太大太小都不行。而且水道是会开闭的。为什么水道太大就打不到鲸鱼呢？因为村人用的不是带马达的船，而是用手划桨的筏子，水道太大的话，根本追不上。那为什么太小也不行呢？因为要是鱼叉没有命中要害，鲸鱼就会逃到冰层下面去。就算鲸鱼最后死了，也没法把它弄回来。所以在水道发展出恰到好处的大小之前，村人要蹲守好几个星期。

　　为捕鲸露营的时候，发生了许许多多的小插曲。在水道完全闭合的时候，我们是在冰上搭帐篷露营的。我在营地帮大家做做饭、干干活什么的。有时候得了空，我便会去冰上散个步。我所说的"冰"基本都浮在北冰洋上，放眼望去，是连绵不绝的浮冰群。我每次出门，都会有村人叮嘱，"千万别走远了，冰随时都有可能裂开漂走的"。我总觉得冰层那么厚，怎么会说裂开就裂开呢。谁知有一天，一件让我大吃一惊的事情发生了。

　　波因特霍普的村民们会在浮冰上设十五六个营地，每一个营地都必须安排一个守夜人，一整晚都不能睡。因为我们是在海面的冰层上露营，天知道冰层什么时候会动起来，总得有人守着呀。守夜是小孩子的工作，这也是他们成长为独当一面的捕鲸人的第一步。大人们在帐篷里睡觉休息的时候，守夜的孩子要往暖炉里添海豹油，烤着火守着帐篷。所以到了晚上，每个营地都是有人不睡觉看着的。

一天夜里，我在睡梦中听到了约德尔的旋律。他们的约德尔跟我们熟知的瑞士约德尔不一样，模仿的是海象的叫声。一旦察觉到危险的临近，村人就会用约德尔在营地间传递消息。我听到的就是这种声音。

到底出什么事了？我立刻跳起来，冲出营地一看，只见在距离帐篷不到数十米的地方，冰面迅速裂开。眼看着龟裂越来越长，广阔的冰原就这样悄无声息地分开了。海水出现在眼前，面积迅速扩大，一下子便成了一片海。也就是说，我亲历了冰间水道打开的瞬间。看到那一幕光景，我才真正理解队友们的叮嘱。

有一年的六月底，我在拍摄麦金利山（Mount McKinley）的时候跟狼来了一场出乎意料的邂逅。麦金利山是北美的最高峰。当时快到半夜十二点了，但山上还留有残阳。我拍完照片，正在煮咖啡，没想到抬头一看，眼前居然有一匹狼。即便是在阿拉斯加，狼也是难得一见的动物，可那狼就在我眼前盯着我看。它背后就是麦金利山啊，这样的机会太难得了，所以我连忙给它拍了照。胶卷用完以后，我想换一卷新的，就把一部相机放了下来。就在这时，那狼毫不客气地走了过来，叼起相机走了。而且它的动作神态一点都不像是得手后开溜的小偷，就是迈着轻盈的步子走开的感觉。我本以为它一定会把相机丢下的，观望了一会儿，谁知它一直叼着不放，越走越远了，我这才慌慌张张追上去，好不容易才盼到它松口，拿回了相机。可那部相机就这么坏了。那是我当年新买的，还记得相机厂商的人跟我说，机器要是坏了就寄回日本，他们给修，但我一定要把当时发生的事情写下来，于是我就写了一篇关于那匹狼的文章。

到了春天，美洲黑熊会从冬眠中苏醒，走出洞穴。

我曾和一位因纽特年轻人去他们村子附近蹲守黑熊出洞。他知道洞在哪儿，说熊马上要出来了，等一等就能看到，于是我就一直等着。我本以为自己绝对看不到熊出来。到了第三天，因为那天天气很好，特别暖和，我俩一不小心在雪地上睡着了。过了一个多小时，我忽然睁眼一看，只见雪地上露出了一双熊耳朵，就连忙把同伴叫醒，拍了照片。我做梦也没想到自己能亲眼见到熊在春天结束冬眠，钻出洞穴的瞬间，真是感动极了。

在阿拉斯加，基本上每个地方都有熊，所以露营的时候总归有点提心吊胆的。夏天的露营和冬天的露营最大的区别在哪里呢？夏天的气候是很舒服，但是在帐篷里睡觉的时候，你总会惦记着熊。冬天再冷也没关系啊，反正熊都在冬眠呢，完全不用担心。所以冬天虽然寒冷，但过夜的时候心态会更轻松一些。

不过我觉得"阿拉斯加有熊"是一件很要紧的事情。比方说，北海道也还有棕熊栖息着，但数量越来越少了。要是棕熊彻底从北海道消失了，那该有多冷清啊。在夏季的阿拉斯加露营，人必然要在过夜的时候担心熊，惦记着熊。在我看来，反过来说，人与自然之间还存在着这样的紧张感，这种紧张感既奢侈，又难能可贵。如果熊都消失了，人们也许能安安心心在帐篷里过夜，可那样的自然太无聊了，太寂寞了啊。

要是遇到带着小熊的熊妈妈，那就得稍微小心一点了。阿拉斯加有很多视野开阔的地方，如果有熊在的话，人往往是能提前发现的。可有时候，你明明在山上看到了黑熊母子，自己下山走到草长得比较高的草地时，熊却不见了踪影。熊妈妈和小熊可能会在离得很远的两个地方分头找东西吃，如果你不知不觉走到了母子之间，情况就非常危险了。不过阿拉斯加明明有那么多熊，每年发生的事故却不是很多。所以我并不觉得真正的自然状态下的熊有多可怕。

阿拉斯加游客最多的地方就是麦金利的国家公园。现在那边已经改名叫德纳里国家公园（Denali National Park）了。在阿拉斯加的那么多熊里，我最怕的就是那个公园的熊。为什么呢？因为公园有好多人去，以至于那边的熊太熟悉人了。我每年春天都会去北极圈拍驯鹿，每次至少要跟熊打上一次照面。但是在野生状态下，熊一看到我就必然会以最快的速度逃跑。这是非常自然的反应，毕竟熊基本上还是怕人的。所以它们会主动跟人保持自然的距离。可国家公园看似安全，其实恰恰相反。因为在公园里，熊与人的自然距离被严重打乱了，在这样的状态下撞见熊是非常危险的。熊熟悉人总归是一件非常可怕的事情。

阿拉斯加一到夏天就会冒出大量的蚊虫，让驯鹿头疼不已。它们会走到雪地上，或是风比较大的山脊，一动不动地躲避蚊虫的侵扰。但这些蚊子也是必不可少的。夏季的苔原是无数候鸟的营巢地，对它们来说，蚊子就成了宝贵的粮食。在这个时期，会有各种各样的候鸟在北极圈营巢。营巢期间，就算有什么东西靠近了鸟巢，鸟也会忍到最后一刻才动，所以我也遇到过走着走着突然有鸟冲到眼前的情况。这种时候，鸟蛋一般就在附近的草丛里，要么就是小鸟已经孵出来了。好比金斑鸻（Pluvialis dominica），就会在四周什么东西都没有的地方弄一个孤零零的鸟窝。北方的自然乍一看荒芜空旷，但仔细观察一下，你就会发现生命其实在角角落落繁衍生息呢。我认为这就是北方的自然和南方的自然的一大差别。南方的自然百花齐放，还有许许多多的鸟飞来，看着就很丰饶。北方的自然刚好反过来，环视四周，你会有种这里没有任何活物的错觉，但是只要仔细观察，你就会发现在这里那里四处繁衍的生命，还有好不容易绽放的花。北国的自然就是这样朴素，但这恰恰是它深深吸引我的一面。

我曾经隔着遮光帘观察过雪鸮（Nyctea scandiaca）的雏鸟从孵化到离巢的全过程。从鸟蛋的阶段开始，一连观察了三个多星期。在此期间，我看到了一幕挺有意思的光景。在雪鸮的鸟巢附近，居然有黑雁（Branta bernicla）筑了巢，我一开始都没发现。我就纳闷了，为什么要在离雪鸮那么近的地方做窝呢？雪鸮毕竟是猛禽，要是找不到东西吃，它们会毫不留情地袭击其他鸟类的雏鸟，甚至是成鸟。黑雁明知道雪鸮危险，为什么要特地把巢安在它们身边呢？我琢磨了很久，终于得出了一个结论。那个季节也是北极狐（Alopex lagopus）来苔原扫荡鸟窝的时候，被它们吃掉的鸟多到让人难以置信的地步。不过北极狐唯独不敢动雪鸮的巢。因为雪鸮厉害得很，能把狐狸赶走。也就是说，黑雁可能很了解大自然的这种力量关系，所以才特意把巢安在了这样的位置……

阿拉斯加的面积几乎是日本的四倍，所以每个地区都形成了截然不同的地形。在阿拉斯加，冰川集中在南边而不是北边。为什么呢？因为冰川的形成跟降雨量有关。温暖的日本海流经过阿拉斯加的南部，撞上海岸边的高耸山脉，造就了大量的雨雪，于是催生出了广阔的冰川地带。划皮筏在阿拉斯加东南部的海上旅行时一定要格外小心，因为水非常冷，几乎快到冰点了，就算是晴天也不能大意。万一落水，怕是连十五分钟都撑不了。

然后到了夏天，座头鲸会从夏威夷游来阿拉斯加。夏季的阿拉斯加海域是非常丰饶的。座头鲸一般在夏威夷那边过冬。对座头鲸而言，那边的海水很温暖，特别适合繁衍下一代，只是海里没有一点能吃的东西。夏威夷的海很通透，很好看，可几乎没有浮游生物，所以鲸鱼只能饿一个冬天的肚子，到了六月前后，再长途跋涉四千千米到阿拉斯加海域来。用水桶舀一点阿拉斯加东南部的海水看一看，你就会发现水里都是浮游生物。浮游生物是太平洋鲱鱼（Clupea pallasii）的食物，而鲱鱼则是鲸鱼的食物。浮游生物是海洋生态系统的根基，所以我认为一片海域是不是丰饶，正取决于有没有丰富的浮游生物。从这个角度看，阿拉斯加的海就是非常丰饶的。

有一次，我追着鲸鱼一路旅行。就在这个时候，恰好有个日本编辑说他特别想看看鲸鱼，于是他就在途中跟我会合，上了我们的小船，在旅途中见到了一个大大的鲸跃。直到现在，我还清楚地记得他当时的感叹："这趟真是没白来！能看到鲸跃真是太好了！"我问他好在哪儿，他是这么回答的："光是知道我在东京忙得连轴转的同时，阿拉斯加有鲸鱼这样跳起来，我就心满意足了。"听到这话，我便觉得他的感想像极了我当年对北海道的熊怀抱的情感。自己在城里过着忙碌的日常生活，但是在同一个瞬间，北海道的熊正在某个地方漫步，在某个地方活着。

说到底，世界各地有各种各样的自然现象发生，这是理所当然的。在我看来，当你亲眼看到那些现象的时候，你能不能有"此时此刻也有鲸鱼在某处跳出海面"的意识，就显得非常重要了。

座头鲸的捕食行为很有特色，叫"气幕捕鱼"，大家应该也在电视上看到过吧。发现鲱鱼群后，鲸鱼会在鱼群下面转圈，同时吐出气泡。气泡在海里形成一堵圆柱形的墙，把鲱鱼困在里面。鲱鱼不敢冲破气泡墙，只能不断逃向海面。不一会儿，大量的鲱鱼就把海面染黑了。然后鲸鱼会看准时机，张开大嘴从下往上冲出来，把鲱鱼一网打尽。这是一种非常壮观的捕食行为，第一次见到的时候，我着实吓了一跳。

鲸鱼总是成群结队地在海里游，游着游着，突然一起沉下去，潜水一段时间，追逐鲱鱼群。它们捕鱼的时候，旁人最先看到的就是出现在海面上的巨大气泡圈。片刻后，鲸鱼就会像火箭一样从圈子下面跳出来。鲸鱼捕鱼时一般以三头到六七头为单位，跳起来之前，还能透过海面听到它们的歌声呢。用水中麦克风能听得很清楚，没有麦克风也听得见。那歌声真的很神奇。在歌声传来的片刻后，鲸鱼就会从气泡圈里跳出来，那场面别提有多震撼了。

说起鲸鱼，还有过这么一件让我非常感动的事情。有一次，我们坐在小橡皮船上观察鲸鱼。在等待鲸鱼下沉，等待水面出现气泡圈的时候，船的马达是要提前关掉的。我们就这么静静地等着。突然，鲸鱼吐出的一圈气泡浮现在小船周围的水面上。我都不知道该怎么办才好，跟朋友面面相觑。探头一看海面，只见鲸鱼已经在往上浮了。我心想，大事不妙！谁知鲸鱼群在快要出水的时候调整了轨道，往很远的地方去了，最后在气泡圈外浮出水面，呼出一大口气，因为它们之前一直憋着啊。它们一边唱歌，一边用气泡赶鱼，却在最后的最后发现正上方好像有什么东西。说到底，是我们搅黄了它们的一顿美餐，但我也觉得特别不可思议，为什么它们会在最后时刻集体刹车呢？

在阿拉斯加，花季从六月前后开始，每个时期都有不同的花朵绽放。阿拉斯加的州花是勿忘我（Myosotis scorpioides L.），但是给花季压台的是柳兰。看到柳兰开了，我便会感叹，秋天就快来了啊。费尔班克斯的秋日有叶片变红的白杨、白桦什么的，非常美。北国的秋天总是美的，阿拉斯加的秋天也不例外。红叶季从八月底开始，苔原也会染上鲜红的色彩，没有比那更美妙的季节了。八月中旬以后还能看到极光。

到了大马哈鱼逆流而上回到阿拉斯加的时候，熊便会聚集在河边抓鱼吃。每逢这个季节，熊都要吃掉大量的鱼。在洄游的鱼最多的那一阵子，随手一捞就是一条，所以熊往往只吃最鲜美的部分，也就是鱼头和鱼子，其他部分直接扔掉。因此会有鸟蹲守在熊的周围，等着吃它们剩下的。

大马哈鱼不光喂饱了动物们，对生活在阿拉斯加的人来说，它们也是宝贵的自然恩泽。我经常跟美国朋友开玩笑，说他们一点都不会吃鱼。因为美国人要是抓到了大马哈鱼，就会把鱼头跟鱼子扔掉，只吃身上的肉。也就是说，他们白白扔掉了最好吃的部位。我总是笑话他们说，熊比他们更懂得该怎么吃鱼。

说起熊，我还见到过很有意思的一幕。有一次，我看见熊抓起一条大马哈鱼，端详了一会儿却把鱼放跑了。我心想，它在干什么呢？只见它又抓了一条，然后又放跑了。我实在想不通，事后请教了一位研究熊的朋友。朋友告诉我，熊可能是在挑性别，专吃雌的。

还有一次，河边来了两只带着小熊的熊妈妈。一家是三个孩子，另一家只有一个孩子。熊妈妈都去河里抓鱼了，孩子们被撂在岸上等着。两边起初离得很远，但没过多久，小熊们相互之间产生了兴趣，越走越近，直接玩到了一起。见状，其中一个熊妈妈急急忙忙赶了回来。我还以为会有一头小熊被咬死，就在这时，另一个熊妈妈也冲了回来，两边相互瞪了一会儿就分别走开了。遇到这种紧张的瞬间，双方有时会立刻分开逃跑，据说小熊可能会一不小心跟着别人家的妈妈走。但熊是一种很不可思议的动物，就算跟来的是别人家的孩子，熊妈妈往往也会养育。我们有时候能看到带着四只小熊的熊妈妈，一般来说，其中的一只应该不是亲生的。

到了秋天，驯鹿会慢慢褪去在整个夏天包裹着鹿茸的茸皮，露出骨质的角。驯鹿是鹿科动物，所以它们的角会在入冬前脱落，到了第二年春天再长新的。大到让人难以想象的角会在春天到秋天一下子长出来呢。

在秋季的大迁徙中，驯鹿们必须穿越北极圈的科伯克河。所以爱斯基摩人会在河边打驯鹿。

有一次，我碰巧遇见朋友带着他的孩子来体验人生中的第一次狩猎。我觉得能在儿时有这样的体验真是太棒了。在日本，让这么小的孩子杀死驯鹿这样的大型动物简直是难以想象的，但是在阿拉斯加的大自然中，狩猎还和人们保持着非常密切的联系。孩子的父亲是我的朋友，他是一位植物学家。我觉得他以非常理想的形式，让孩子体验了人生中的第一次狩猎。亲手杀死驯鹿，肢解驯鹿，用自己的刀割下鹿肉……驯鹿是一种非常大的动物，所以肢解的时候会流很多血。这样的经验是很宝贵的，我觉得孩子一定能通过杀死动物逐渐感知到自己体内的生命。所以从某种角度看，这些孩子还是相当幸运的。

阿拉斯加还有驼鹿，那是一种比驯鹿还要大个一两圈的动物。阿拉斯加人很爱吃驼鹿，体型比较大的驼鹿足有八百多千克重。在我居住的费尔班克斯，如果家里人说"今晚吃肉吧"，那么这句话里的"肉"多半指的是驼鹿肉。驼鹿肉真的很好吃，要是你把一盘牛肉和一盘驼鹿肉同时摆在阿拉斯加人面前，恐怕大多数人会选驼鹿肉。但这种肉是不能买卖的，只能在这个季节申请捕猎许可，自己去打。

驼鹿一胎生两头小鹿。在阿拉斯加，没有比驼鹿更可怕的东西了。对我来说，它们可比熊吓人多了。驼鹿虽然是一种鹿，可它们体型巨大，远超寻常的鹿，带着小鹿的驼鹿妈妈尤其危险。驼鹿的前脚特别有劲，虽然熊也会在这个季节打小驼鹿的主意，但是在大多数情况下，它们会遭到驼鹿的反攻。

有一次，我亲眼看见企图袭击小鹿的熊被鹿妈妈用前脚狠狠踹了一下，力道别提有多猛了，我都担心那熊会不会被一脚踹死。

阿拉斯加的秋天是蓝莓、蔓越莓等各种树果成熟的季节。

阿拉斯加不产水果，所以当地人很珍惜蓝莓、蔓越莓之类的树果，每到这个季节，就会全家出动，上山采够一年份的蓝莓。说出来大家大概还不相信，就算全体阿拉斯加居民摘了够吃一年的蓝莓回去，熊和鸟也吃掉了很多果子，还是会有百分之九十九的蓝莓在枝头结束自己的一生，没人来吃。秋天的阿拉斯加，就是树果的天下。

那段时间，"千万别跟熊头碰头哦！"是大家挂在嘴边的一句话。阿拉斯加还有关于这个主题的绘本呢。熊吃树果的时候可投入了，根本不看周围，人摘起果子来也顾不上别的了。所以这句话真不是说着玩的，摘果子的时候必须小心观察周围的情况呢。

　　常有人说，突然遇到熊的时候得装死。这种说法还是有几分道理的，虽然应对方法要视具体情况而定，但是一般来说，保持冷静才最要紧。熊突然遇到人的时候，总归也是怕的。害怕的时候，人难免会紧张，而这种紧张感是能被对方感觉到的。而且野生动物不可能感觉不到你的紧张。举个大家身边的例子吧，假设一个讨厌狗的人去别人家里做客，而那家人正好养了狗，狗一定能迅速察觉到来客的心思。野生动物在这方面就更敏感了。对那些在野外遇到熊的人而言，这是相当不利的。熊偶遇人的时候，应该也会在害怕得逃跑和怕得发动攻击之间做出抉择。为了避免这样的局面，让自己保持冷静是非常必要的。

　　大家应该都知道阿拉斯加住着爱斯基摩人，却很少有人认识到那里也生活着印第安人呢。

其实在阿拉斯加的内陆地区，住着和爱斯基摩人数量相当的印第安人。他们来到阿拉斯加的时间比爱斯基摩人还早呢。据说阿帕奇族（Apache）等美国本土的印第安人，是从北亚来到阿拉斯加的人。他们中的一部分留在了阿拉斯加，成了今天的阿萨巴斯卡印第安人（Athabascan Indians）。

阿萨巴斯卡印第安人的村庄有举办夸富宴的传统。如果村里有人去世了，大家就要在一周年忌日的当天带上各种吃的聚在一起，载歌载舞，吃上整整三天。打驼鹿在他们的生活中发挥着非常重要的作用。夸富宴中最重要的一种食物，就是用驼鹿头煮的鹿头汤，人们认为这种食物是很神圣的。

我曾经跟着一位因纽特老奶奶去找"爱斯基摩土豆"，那是一种植物的根。每年秋天，族人都会去搜集这种树根。怎么找呢？用脚踩踏苔原的地面，找老鼠洞。找到了洞，再用铁锹似的工具挖开地面，就能看到老鼠为过冬囤积的大量爱斯基摩土豆了。

拿完土豆以后，老奶奶还要做一件事，那就是把自己带去的鱼干放进洞里，再用土埋好。自己拿走了老鼠的吃食，所以要还一点吃的给人家——在老一辈心里，这样的意识还很根深蒂固。可惜年轻人已经越来越不讲究了。不过亲眼看到这样的瞬间时，我还是会有种醍醐灌顶的感觉。

据说阿拉斯加北极圈其实有储量很大的油田，在关于美国环境问题的种种争论中，它也是最受关注的一个话题。论点在于是开发油田，还是留住数万年来未曾改变的原生态自然。

现任阿拉斯加州州长是支持开发的。开发派的逻辑是，这种地方反正没人去得了，还是开发油田有利于本地的发展啊。

可我始终认为这样的观点太片面了。正如我刚才所说，我们不一定要去那个地方。那里有着数万年不变的世界，有驯鹿大举迁来繁衍后代，然后踏上归途。狼也跟以前一样徘徊在山林中。阿拉斯加还留有这样的世界。我觉得这个事实能大大充实我们的心啊。州长说得没错，也许那里是没人去得了，可我认为能不能去并不重要。

这么想来，阿拉斯加的自然的确存在一个非常大的劣势。比如北极圈的自然，就是真正的野生。这也是我为北极圈倾倒的理由所在，可是太野生反而带来了弱点。换成谁都能去得了的旅游胜地，那边的自然便会拥有另一种力量。因为那样的自然是与经济利益挂钩的呀。

非洲的自然就是一个很好的例子。当然，我说的并不是整个非洲，那边游客最多的地方叫塞伦盖蒂（Serengeti）。我们经常能在电视上看到一头狮子周围停着各种旅游车的画面。我觉得这样的风景实在是很可悲，可和阿拉斯加的自然相比，谁能活得更久呢？一想到这儿，我就会非常担心。非洲的塞伦盖蒂成了旅游胜地，它一定能长长久久地存在下去。为什么？说到底，还是因为有人在那里花钱，所以它能成为观光的平台。

可阿拉斯加的自然成不了观光的平台啊。因为那边有着无比严苛的自然，而且也太遥远了，不是随随便便就能去得了的。虽然这也是阿拉斯加的妙处，也是我被深深吸引的原因，但是反过来看，这也意味着只要稍有变数，那边的自然就会被轻易颠覆啊。

而且阿拉斯加的地下埋藏着大量的石油。面对诱人的资源，当然会有人觉得，保护谁也去不了的自然能有什么用，好比刚才提到的那位州长。越是野生，换个角度看就越是脆弱。稍微出点什么事，舆论就会瞬间倒向开发派。我觉得阿拉斯加的自然就有如此脆弱的一面。

第五章

极光当空

1994年2月6日，星野道夫于岐阜县国府町（现已并入高山市）发表演讲，题为『用镜头捕捉阿拉斯加的二十年』。

阿拉斯加是个离日本很远的地方，所以大家对它可能没什么概念。其实对很多美国人来说，阿拉斯加同样是个很遥远的地方呢。去美国本土问一圈，你就会切身感受到，他们对同属美国的这片土地真是一无所知。为什么会这样？答案就在地图上。阿拉斯加与美国本土之间隔着一个加拿大，本土的人当然会觉得阿拉斯加很远了。所以从美国本土搬过去的人经常会听到这样一个问题："你为什么要去阿拉斯加啊？"阿拉斯加也是美国的一部分，可大家还是会有些纳闷，不知道他们为什么要特地搬去那么冷的地方。

那就先聊聊我这个日本人为什么会跑去阿拉斯加吧。

阿拉斯加第一次在我脑海中打转的时候，我才十多岁。当时我爱上了自然，对北海道的向往格外强烈。我心里有一个念头，有朝一日一定要去北海道走走看看。不过随着时间的推移，也不知道为什么，这个念头逐渐演变成了对更靠北的阿拉斯加的兴趣。

可那毕竟是二十多年前，上哪儿去找关于阿拉斯加的资料啊。现在日本也出了一些关于阿拉斯加的书，但当年根本没有相关的资料，想了解都不知道该从哪里入手。

就在这时，我在东京的一家专卖外文书籍的旧书店偶然发现了一本关于阿拉斯加的书。可能称不上影集吧，但书里有相当多的照片。我把它买回家，每天翻来覆去地看，上学的时候也要带着它。看书里的照片成了我每天最期待的一件事。看的次数多了，我甚至把书的内容记了个滚瓜烂熟，还没翻页，就知道下一页是哪张照片。通过这本书，我对阿拉斯加这片土地有了模模糊糊的概念，可话虽如此，它在我心里依然是一个非常遥远的世界。

我被书里的一张照片迷住了。

那是北极圈的一座爱斯基摩村庄的航拍照片。摄影师在夕阳正要沉入北冰洋的时候在飞机上按下了快门，画面中央是孤寂的小村子，四周是一片荒凉的世界。我特别喜欢这张照片，总是看了又看，渐渐地，我就对照片里的村子产生了兴趣。"为什么这样的地方会有人住呢？"这个疑问在我心里变得愈发强烈，让我萌生出了无论如何都要去那座村子看一看的念头。

于是我鼓起勇气，决定写封信过去试试看。幸运的是，照片的说明文字里写着村子的名字呢。它叫希什马廖夫，属于沿海地区的爱斯基摩村。我在地图上找到了那个村子，写了一封信。我在那边又没有认识的人，便决定寄给村长。村长在英语里是"Mayor"，我就在信封上写了这个单词，加上村名，然后再写上"阿拉斯加"和"U.S.A."，就这么寄了出去。当时我还没有能力用英语写出通顺的文章，所以信的内容肯定是乱七八糟的，但好歹表达了诚意。我在信里说，我对当地人的生活很感兴趣，想去那边看看，不知道有没有人家愿意收留我。

我觉得这信十有八九是寄不到的，于是再次摊开地图，在北冰洋沿岸挑了尽可能小的六座村子，寄了六封内容完全一样的信，只有村名各不相同。

果然有好几封信因为地址不详被退回来了，我也一直没收到回信，时间一长，差点把这件事给忘了。谁知在半年后的某一天，我放学回家一看，只见信箱里躺着一封国际邮件。我连忙拿出来一看，地址栏上分明写着我最先想去的那个村子的名字。是村里的一户人家给我回信了。信的内容很简单，说他们一家人讨论了很久，觉得可以收留我，让我尽管来吧。直到今天，那一天的事情还历历在目。原本非常遥远的阿拉斯加终于来到了眼前，出现在了我伸手可以触及的范围内，我真的高兴极了。

于是在十九岁那年的夏天，我真的去了那个村子，在那里住了三个月左右。

那是一座很宁静的沿海爱斯基摩村庄，村里人真的敞开胸怀接纳了我。我觉得自己很有可能是第一个去他们村子的日本人，但我长得跟他们差不多，所以比较容易亲近吧。收留我的那家人都管我叫"爱斯基摩男孩"呢。村子至今以狩猎生活为中心，所以我跟着村里人打过海豹和驯鹿什么的，也品尝了沿海爱斯基摩人的各种特色食品，度过了一段愉快的时光。

刚看到希什马廖夫的照片时，我的确很纳闷为什么这样的地方会有人住，但我只在那里住了短短的三个月，便觉得就算我在那里出生长大，最后死在那里，也没什么不可思议的。我产生了这样一个想法："对他们来说，这里就是世界的中心啊！"这段经历大大地震撼了我。我在千叶出生长大，而千叶县这个地方跟东京的卫星城市差不多。我一直都生活在那样的地方，所以总觉得东京仿佛就是世界的中心。对当时的我而言，在阿拉斯加的天涯海角也有人的生活，也有一户户人家在那里过一辈子，这件事是很不可思议的。但是去那里实际住上一段时间以后，我便意识到："啊，原来是这么回事啊！"全世界有无数座村庄，无数个城镇，也有无数种生活。每个地方都是当地人的世界中心，人就是这样活着的。我开始抱着这样的感觉看世界地图了。

这就是我和阿拉斯加的第一次亲密接触。回国后，我继续上大学。后来就到了该考虑毕业以后要从事什么工作的时候，那时我大概是二十三岁吧，我总也看不清前进的方向，不知道自己应该走哪条路。我只知道自己想做的是和自然打交道的工作，还有想再一次回到阿拉斯加的念头。我考虑了很久，忽然想到搞摄影好像还有点希望。虽然我之前从没拍过照片，连玩票性质的照片都没拍过，也没有自己的相机，但我很喜欢看别人拍的照片啊，说不定我能一边拍照，一边游览阿拉斯加呢。于是我就突然产生了搞摄影的想法，又一次踏上了阿拉斯加的土地。

一提到阿拉斯加，大家应该只会联想到"冷"这个字吧。但阿拉斯加其实也有分明的四季，也有寻常人的生活呢。

正如我刚才所说，在美国人眼里，阿拉斯加也是个非常遥远的地方。但他们对那片土地也有种朦胧的憧憬，说到底，还是因为那边保留着原生态的大自然啊。仔细看看地图，你就会发现阿拉斯加几乎没有马路。我住的地方叫费尔班克斯，它刚好在阿拉斯加的正中央，是当地的第二大城市，可人口并不是很多。还有许许多多的村庄零星分布在各处，可是要去那些地方，唯一的办法就是坐小小的赛斯纳或十人座的小飞机。阿拉斯加的地图是很有迷惑性的。有一次，我要去某个村子找人。摊开地图一看，的确有个黑点，旁边写着那座村子的名字。"会是个什么样的地方呢？"我带着疑问，坐赛斯纳飞过去一看，原来那村子总共就只有四户人家。在阿拉斯加，人就是住得这么零散。这也是阿拉斯加的魅力之一，三言两语是讲不清楚的，但是放眼全美，阿拉斯加的确是最后一片没有被人破坏的净土，还保留着许许多多的原生态自然。

来会场前，我一直在想今天该怎么跟大家分享阿拉斯加的自然。那就先从五年多前我的朋友从日本来到阿拉斯加后经历的一些事讲起吧。朋友平时住在东京，生活工作都非常忙碌，他过来的时候，我正好为了拍鲸鱼去阿拉斯加东南部旅行了。于是他便跟我会合，坐上我们的小船走了一个多星期，参与了我的拍摄工作。一天傍晚，我们发现了座头鲸，开船一路跟着。跟了一段时间以后，那鲸鱼突然在我们眼前跳了起来。那种行为就是所谓的"鲸跃"，谁都不知道鲸鱼为什么要跳。原本在水里悠游的鲸鱼真的在我们眼前突然冲出水面，全身都飞上了半空。它就跳了那么一次，然后就继续游了起来。后来天色一点点暗下来，夜幕降临了。整件事就这么简单。

朋友回国后给我寄了一封信，上面写着"这次阿拉斯加之行真是没白去，能看到鲸跃真是太好了"。据说他在东京的忙碌生活中，会时不时回想起那个瞬间。当他在东京忙得团团转的时候，也许有鲸鱼在同一时间冲出阿拉斯加的水面。光是想到这一点，他便会觉得很安心。能亲眼见证那一幕，让他格外感动呢。

看了他的信，我也很有共鸣，因为我第一次对大自然产生兴趣的时候，也有过同样的感慨。

十多岁时，我对北海道产生了强烈的向往，看了各种各样的书。有一阵子，我觉得北海道有棕熊这件事特别不可思议。在东京的电车上，我也会突然琢磨起来，就在我坐电车的时候，熊正行走在北海道的原野上……当时我每每想到这里，都会觉得特别神奇。仔细想想，这其实是再理所当然不过的事情，但各种生物有着同一条时间轴的神奇还是深深吸引了我。就在我们生活在这里的同时，在我跟大家演讲的这一刹那，有熊生活在北海道的原野上，岐阜的飞驒山里肯定也是有熊的。此时此刻，它们正在山林间行走。这难道不是一件很神奇的事吗？这件事也让我第一次对自然产生了浓厚的兴趣。

去阿拉斯加以后，每次接触到村人的生活，我还是会有同样的感慨。我们在东京过着这样的生活，而与此同时，爱斯基摩人正在海里捕猎。渐渐地，我对人类生活的多样性产生了兴趣。

再给大家介绍一下阿拉斯加的概况吧。阿拉斯加的面积大概是日本的四倍。我的朋友做过一个很有意思的计算：如果东京的人口密度跟阿拉斯加一样，那么整个东京都就只有九十五个人住着了。阿拉斯加就是这样地广人稀。

现在刚好是那边的隆冬季节。我所在的费尔班克斯是阿拉斯加最冷的地方，零下四五十度正常得很，特别冷的地方甚至有零下六十度左右呢。再过十来天，我就要回去了，好在冬至已经过了，所以心情还是比较轻松的。如果你住在日本，冬至这一天也许不会有多大的意义，但是在阿拉斯加，冬至和夏至是两个非常重要的日子。为什么呢？因为生活在阿拉斯加的人会时刻惦记着太阳的位置呀。那边的季节更替是很活跃的，到了夏天，太阳一天到晚都不会落山，一整天都在你的头顶转。反之，到了冬天，太阳就几乎不露面了。具体的当然要看纬度，反正只要进了北极圈，太阳就不出来了，暗无天日的日子要持续好几个星期。于是最冷的季节明明是离冬至很遥远的一月和二月，可冬至一过，人们便会松一口气。因为过了这一天，日照时间就会逐渐变长呀。好比现在这段时间，阿拉斯加的日照时间基本上是以每天七八分钟的速度增长的。这个速度可不得了，十天下来就长了一个多小时啊。最寒冷的时期还在后头，可大家已经在心里隐约感觉到了春天的气息，大概就是这么回事吧。那么夏至又有什么样的意义呢？夏至是六月的节气，盛夏还没开始呢。真正的夏天还在后头，可是夏至一过，大家心里便会空落落的。因为过了这一天，日照时间就是一天比一天短了。朝阳好不容易钻出地平线，也会立刻变成夕阳。从这个角度看，阿拉斯加着实是一片人们会十分关注太阳一整天的运行轨迹的土地。所以大家总是盯着太阳的走势呢。

有一次，韩国的棒球国奥队来费尔班克斯打练习赛。我们费尔班克斯的社会人棒球队是在全美排得上号的强队，所以才会安排这样的比赛。而比赛的日子刚好定在了夏至那天。为了解释当地人是如何看待夏至的，我经常拿这场比赛举例子。

阿拉斯加有条规矩，如果在夏至那天打棒球比赛，天色再暗，也不能打开球场的灯。为什么要这样呢？把夏至当成节日来庆贺的确是原因之一，但另一方面的原因在于，夏至当天一般是不会天黑的，不开灯也完全没问题。谁知练习赛那天正巧碰上了坏天气，天色真的变暗了。比赛刚开始的时候，大家还能看见球，可是随着比赛的推进，连球都看不太清楚了。于是韩国队就抗议了，要求主队开灯。但主队就是不肯答应，说这是夏至的规矩。后来，天色暗到了不开灯就完全看不清球的地步。最后，韩国队气得罢赛了，没打完就走了。可观众们愣是没有一个发牢骚的。

下面就按四季的顺序，跟大家聊聊阿拉斯加的自然与人吧。

大家可能听说过，阿拉斯加人每年都要赌春天在什么时候到来。因为河流会在初春重新流动起来，大家赌的就是这个瞬间会在几月几号几点几分几秒到来。人们会在河边搭个小架子，上面拴着绳子，绳子连着一个钟。河一旦流动起来，架子就会跟冰块一起被水冲走。架子一带动绳子，时钟的指针就停了。押得最近的人能拿走所有人的赌注，可爽了。我曾亲眼见过育空河（Yukon River）解冻的瞬间，那场面真是太震撼了。我听说河好像快开了，就抱着碰运气的心态守在河边。等着等着，突然听见砰的一声巨响，原本冻着的河一下子流动了起来。能亲眼见证季节更替的瞬间，我真是太感动了。在阿拉斯加住得久了，你会发现那边跟日本不一样，到了某个时期，自然就会一下子切换到下一个季节。那边的自然就是那么有动感。育空河开了的消息每年都会登上报刊的头版，足见阿拉斯加人有多么期待春天的到来。

然后在初春的四月左右，爱斯基摩人会迎来新一轮捕鲸季。

白令海与北冰洋在冬天是完全冻住的，但是在这个时期，冰面会在海流与气压的作用下一点点裂开。而北太平洋露脊鲸、灰鲸等鲸鱼也会在同一时期离开南方，游向白令海与北冰洋。不过鲸鱼是哺乳动物，不换气不行啊。所以它们是沿着冰层的裂缝一路北上的。每一条裂缝都是一片小小的海面，鲸鱼们一边呼吸，一边从一条裂缝游到另一条裂缝，直到北冰洋。我们把这样的小海面称为"冰间水道"。爱斯基摩人就在冰间水道捕鲸，我觉得那真的是大自然的恩泽。要是没有水道，他们就没法捕鲸了啊。直到今天，他们捕鲸的时候还是坐着海豹皮做的筏子，用手划桨，所以海面太开阔是不行的。

　　我第一次参加捕鲸应该是 1983 年的事情。当时我去的是一座叫波因特霍普的小村子，位于北极圈内，当地人至今保留着传统的捕鲸方法。

　　还记得那年水道迟迟不开，大伙儿在冰上等了好几个星期。在冰上露营是一件非常有意思的事情，

说是在冰上扎营，其实营地下面就是大海啊。一直
待在冰面上，就意识不到脚下是汪洋大海了。我在
捕鲸营地会帮忙干各种杂活，要是得了空，便会出
去散散步。我本以为浮冰群那么厚实，肯定不会动
的，但爱斯基摩村民总是苦口婆心地劝我，绝对不
能独自走远，因为冰层随时都有可能裂开。只是我
总也不能真正理解他们的叮嘱。

　　直到某天夜里，我在睡梦中惊醒，之后发生的
事才让我有了切身实感。捕鲸的营地设在冰间水道
边，每一百米设一个。如果冰层在大家睡觉的时候
开始裂了，那就很危险了，所以每个营地都会有人
守夜，时刻关注冰的动向。一天晚上，我睡着睡着，
突然听见了约德尔的旋律。爱斯基摩人的约德尔跟
著名的瑞士约德尔不一样，模仿的是海象的叫声。
只听见歌声离我们的营地越来越近，醒着的爱斯基
摩青年以接力的形式把歌声传向下一个营地。因为
他们的约德尔是用来报警的。我们不知道发生了什

么事，连忙跳起来冲出帐篷一看，只见不到二十米远的地方出现了一条裂缝，大块的冰正往远处漂去。那条裂缝一眼望不到头，一条细长的海面映入眼帘。看到这一幕的时候，我才真正体会到他们所言不虚。整个冰层悄无声息地移动着，那光景着实可怕，却也非常动人。

　　我们就是像这样一边露营，一边蹲守鲸鱼的，不过那一年的水道迟迟没有开出恰到好处的大小，以至于一种焦虑的情绪在村人之中逐渐蔓延开来，大伙儿都担心，今年是不是打不到鲸鱼了啊。露营是从四月初开始的，到了五月，所有人几乎都不抱希望了。一头都打不到的情况还从没有出现过，所以大家特别沮丧。谁知就在这个时候，打到鲸鱼的消息传到了营地。说是其他营地的队员在海上得手了。接到消息之后，所有人一齐出动，赶赴捕鲸现场。为什么这么着急？因为鲸鱼肉虽然是全村共享的，但早到的人能分到更好的部位呀。而且大家都真心盼着能早点吃上鲸鱼肉，所以听到好消息的时候，每个人都激动得快哭出来了。

大家一起把鲸鱼拉回了营地。那条鲸鱼不如平时打到的那么大，但毕竟是那年收获的第一头，大家都激动极了。然后就是齐心协力把整头鲸鱼拉上冰面了。我本想，那么大的鲸鱼，真能拉得起来吗？只见大家一次次发力，不一会儿的工夫，鲸鱼就被拉上岸了呢。一想到片刻前还在北冰洋里游的鲸鱼正躺在自己眼前，我便觉得特别不可思议。鲸鱼上岸后，大家立刻围在它四周，开始祈祷。这应该是为了感谢鲸鱼来到他们面前吧。另外，在肢解之前，他们会先切一点鲸皮下来，大家分着吃。鲸皮是鲸鱼的黑色表皮部分，是爱斯基摩人的顶级珍馐。我也试着吃了一点，倒是真的很美味。

做完这些事以后，他们才会动手肢解鲸鱼。整个过程都很有意思。老人家的力气还是差了一点，所以没法亲自下刀，于是肢解的任务就落在了射中鲸鱼的青年村民头上。可年轻人不了解肢解的方法，没有老人家贡献智慧是不行的。只见好几个青年站在鲸鱼身上，用传统的方法下刀，而他们一旦露出心里没底的表情，就一定会有老人家指点他们说："那边要这样切。"年轻人就是这样慢慢掌握传统切法的，我觉得这一幕光景实在是很美妙。如今，阿拉斯加的爱斯基摩人面临着各种各样的问题，本族的文化也在逐渐流失。可即便是在这样的大环境下，捕鲸的瞬间依然能加强他们的身份认知，让他们产生"我们是爱斯基摩人！"这样的强烈自豪感。年轻人朝气蓬勃，老人家则有非常大的话语权。连我这个旁观者都觉得这样的社会是很健康的呢。老人家的体力是在走下坡路，但他们还有智慧啊。参与捕鲸让我深刻体会到了这些，所以对我来说，那也是一段毕生难忘的经历。

爱斯基摩人跟日本人长得很像。我们每次去爱斯基摩人的村子，都会被误认为是当地人。这大概跟我的脸型和头型也有一点关系吧，反正爱斯基摩人和日本人的老祖宗都是蒙古人种，所以感觉格外亲切。可惜他们的语言正在走向消亡，这着实让人难过。美国本土曾试图同化爱斯基摩人和印第安人，推行了各种政策。孩子们要是在学校里说本族语言，就会遭到体罚，这样的时代持续了五十年之久。在此期间，爱斯基摩人的口语逐渐消亡，现在的孩子们都是说英语的，所以跟老人家交流的难度也越来越高了。语言的消亡是非常严重的问题，对住在日本的人来说，日语日渐消亡是无法想象的。殊不知失去本族语言并不是什么难事，只要不准孩子说，语言就传承不下去了。我认为他们的文化之所以深陷危机，本族语言的消亡是一个很大的原因。

阿拉斯加是个几乎没有马路的地区，于是飞机就成了十分重要的交通工具。那边还有一种叫"无人区飞行员"的职业，他们是专门开赛斯纳飞机运输送乘客和物资的人。在阿拉斯加，大家真的是把飞机当出租车坐的，翻开报纸的"物品转让栏"看看就知道了，除了卖电器和汽车的，有时候甚至能看到卖飞机的广告。飞机就是如此深入当地人的日常生活，说不定买架飞机还比买豪车便宜呢。

我每年春天都会去拍摄北美驯鹿，一边在北极圈里靠近北冰洋的地方露营，一边等候从南边迁徙过来的驯鹿。到了五月底，冰雪开始消融，下方的地面会在一星期到十天内迅速裸露出来。与此同时，候鸟也会从南方飞来。才两个星期的工夫，风景便完全变了个模样。阿拉斯加的自然算是相对朴素的，朴素在哪里呢？即便是夏天，放眼望去也是完全看不到动物的。但怎么说呢，总有生命在某个角落繁衍生息，有时候能看到熊或者狼走过。我们可以说那里的风景是很紧凑的，看似什么都没有，可的的确确有生物活着，阿拉斯加的自然就是这样的。南方的自然百花齐放，鸟类等各种动物随处可见，而阿拉斯加正相反，每次看到熊孤零零地走在什么都没有的地方，我便会感叹："啊，这就是阿拉斯加的自然啊！"

说起北美驯鹿，大家可能没什么概念，其实它跟我们所说的驯鹿[12]是近亲，栖息在阿拉斯加北极圈。由几十万头驯鹿组成的鹿群每年都要进行大规模的迁徙。还有一种会进行大迁徙的陆生哺乳动物，叫"角马"，它们也重复着与驯鹿匹敌的恢宏旅行。这样的动物就生活在阿拉斯加，可是住在当地的大多数人是看不到它们的季节性迁徙的呢。

有一次，我见到了一大群驯鹿，足有数十万头。当时我身在苔原，所以视野很开阔，能看到整条地平线呢。起初只有零零星星的几头走出地平线，我还以为这群驯鹿只有十来头。谁知后面的驯鹿一头连着一头，地平线到最后竟成了黑压压的一片。只见那群驯鹿径直朝我的大本营走来，把帐篷围了个水泄不通，数量足有二三十万吧。大军好几个小时才走完，消失在另一边的地平线下。阿拉斯加的自然就是这样动静相间。苔原在五月之前毫无生命的迹象，但是在春天降临的同时，便有大量的候鸟从南方飞来，在那里喂养后代，到了八月再飞回南边。于是阿拉斯加又变回了杳无"鸟"信的世界。静态与动态交替出现，这种自然的更迭也是阿拉斯加的魅力之一呢。

春天一到，北美黑熊也会从冬眠中苏醒。

话说六七年前，跟我交好的一位爱斯基摩青年在北极圈的山里对我说："熊快出洞了，我们去看看吧！"我当时还抱着半信半疑的态度，心想："真能亲眼看到熊出来吗？"但还是跟他去了洞穴附近。我们在离洞穴稍微有点距离的雪地上守了一整天，可熊就是不出来。第二天也没见到熊的踪影。于是我渐渐产生了这样的念头："怎么可能看到熊出洞的那一幕嘛！"但我们第三天还是来了，继续蹲守。那天特别暖和，等着等着，我们就犯困了，双双倒在雪地上睡着了。过了一个多小时，我突然醒了，睁眼一看，只见雪地上冒出了两只黑色的耳朵。我吓了一跳，连忙摇醒朋友说："出来了！"那一幕真的让我特别感动，我不由得想，原来"春天来了"说的就是这么回事啊。

阿拉斯加还有很多很多熊，多到让我觉得熊的数量可能跟以前差不多。所以在露营的时候，我难免会在潜意识里担心熊的出现。四月前后，熊已经醒了，所以那个时候露营一定要多留个心眼。夏天露营和冬天露营的关键区别，在于需不需要担心熊。冬天的气温很低，条件是很严苛，但胜在心情轻松啊。这就是熊在冬眠所带来的安全感。没在那边露营过的人大概很难切身体会这种心情吧。夏天的天气再舒服，周围有熊这件事总归会悬在你头顶，睡梦中都不敢彻底放心。就算看不到熊，你也能察觉到它们的动静呢。不过仔细琢磨琢磨，这样的自然其实是很奢侈的啊。如果阿拉斯加没有熊，那么夏天去野外露营的时候就能彻底放松了，夜里睡觉的时候也什么都不用担心，但我觉得那样的自然一定很无聊。在大自然中品味的紧张感是很宝贵的，很奢侈的。

说起阿拉斯加，大家往往会联想到北极圈，其实阿拉斯加东南部是一个被茂密的森林与冰川环绕的世界，是一片绝美的土地呢。

在阿拉斯加东南部跟拍鲸鱼的时候，小船就是我的脚。天气变差了，就得尽快躲去附近的海湾。海湾多得数不清，每个都很宁静，仿佛从没有人进去过。把船划进去一看，映入眼帘的也许是流水滔滔的瀑布，也许是漫天飞舞的白头海雕（Haliaeetus leucocephalus），也许是在海边漫步的鹿。自然明明如此美好，却没有一个人。这样的光景总能让我感觉到自然的深邃胸怀。

阿拉斯加有许许多多冰川。大家可能都觉得冰川主要分布在阿拉斯加的北方吧，其实阿拉斯加东南部也有广阔的冰川地带。

划着皮筏行驶在冰川间的海面时，一定要格外小心。海水冰冷刺骨，一旦落水，十分钟、二十分钟一过，人就不行了。话说我和冰川还有过一段不可思议的回忆。当崩塌的冰川掉进浮冰之中时，我听见了一种很顺耳的响声，真的跟交响曲一样，也不知道是从哪里传来的。只听见"噗咻噗咻，噗咻噗咻……"原来是冰川融化时释放气泡的响声。无数冰块在同时释放气泡。每一块冰发出的声音是很轻的，可四周有无数冰块同时作响，让我觉得自己仿佛被这种声音包围了，那体验着实不可思议。在这种地方露营很难找到现成的淡水，所以得把冰川的冰化成水喝。在雪山上，大家喝的也是雪化成的水，可就算你用雪把锅撑满，最后化出来的水也只有一点点。但是把冰川的冰块放进锅里热一热，得到的水竟然是和冰几乎相同的体积呢。可见冰川的冰被压得多么密实。很久很久以前落地的雪花历经多年的压缩成了冰川，最后回归大海。我见证的就是这个循环的最后一个阶段，所以每次喝冰川化的水，我都会有种不可思议的感觉。

到了夏天，座头鲸便会来到阿拉斯加东南部。

座头鲸是从夏威夷过来的。它们在夏威夷过冬，因为那边比较暖和，适合繁衍后代。夏威夷的海很通透，在人类看来是很美的，但是对座头鲸来说，那片海非常荒芜，没有浮游生物，说白了就是没东西吃。所以那边很适合生儿育女，却不适合觅食。于是每年夏天，它们会游到阿拉斯加海域。阿拉斯加的海和夏威夷刚好相反，透明度很糟糕，放眼望去一片暗色。但不透明不等于脏，这片海其实是非常丰饶的。用水桶舀点海水观察一下就知道了，水里都是浮游生物，富庶极了，简直跟浮游生物做的饮料一样。座头鲸就是专门过来吃浮游生物的。

话说座头鲸有着非常神奇的捕食行为。大家可能在电视上看到过,它们的捕食方法叫"气幕捕鱼"。发现鲱鱼群后,座头鲸会在鱼群下面吐泡泡,边吐边转圈。然后这些气泡就在海里形成了一堵墙,把鲱鱼困在里面。鲱鱼不敢冲破气泡,只能不断逃向海面。于是鲸鱼会看准时机,张开大嘴,一口吞下好多鱼。多么不可思议的捕食行为啊。

座头鲸捕食的时候一般以三头到五六头为单位。要怎么发现用气幕捕鱼的鲸鱼呢?先找到一群鲸鱼。鲸鱼会一路跟着鲱鱼群游,但游着游着,它们会一齐沉到海里,好一阵子都不浮上来。片刻后,海面上就会出现一个巨大的气泡圈,直径大概有十五米吧。你必须在小船上锁定这个圈的位置。在气泡圈浮现的十五到二十秒后,鲸鱼就会张着大嘴,像火箭一样跳出来。我们要等的就是这一刻。不过等的时候得关掉马达,保持安静。

有一次,我们发现了一个由五六头鲸鱼组成的鲸鱼群。在它们追逐鲱鱼群的时候,只听见歌声从海里传来。如果有水中麦克风的话，可以听得很清楚，但没有也不要紧，竖起耳朵细细听，你就能听到从海里传出来的鲸歌了。我也不知道歌声有什么含义，可能是追逐鲱鱼群的鲸鱼群发出的一种信号吧。就在我们听歌的时候，一个硕大的气泡圈突然浮现，把小船整个围住了。我们吓了一跳，而且马达还是关着的，现在发动也来不及了。我不知所措，和同伴面面相觑。探头一看，只见海里的鲸鱼正径直往上冲呢。不料鲸鱼竟在快要冲出海面的最后时刻远离了我们的小船，在稍有些距离的地方浮出来呼了口气。我们搅黄了鲸鱼的一顿美餐，但这件事让我大受感动。真没想到鲸鱼群能在最后关头集体调整路线放弃捕食，真是太不可思议了。

到了夏天，驯鹿大军会迁往阿拉斯加内陆。那里生活着内陆爱斯基摩人和印第安人，他们的村子基本上都是沿着驯鹿大迁徙的路线建的呢。这一点也能体现出北极圈的居民与驯鹿的联系是多么紧密，要是没有驯鹿，内陆爱斯基摩人和印第安人就没法过日子了啊。

另外，夏天的阿拉斯加有特别多的蚊子。因为蚊子头疼并不是人类的专利，驯鹿也深受其害。驯鹿的春季迁徙一般从三月底开始，它们一年要走将近四千千米的路，好不容易才抵达北极圈，又在筋疲力尽的时候生了孩子，所以夏天正是它们最缺体力的时候，必须吃很多东西补一补。可蚊子偏偏是这个时候冒出来的，搞得驯鹿都没法安安心心进食了，非常难受。于是它们也会想办法躲蚊子。风大的地方、气温低的地方是没有蚊子的，所以驯鹿会躲去山脊，或是跑到被残雪覆盖的地方。

夏天也是大马哈鱼洄游的季节。每到这个时候，我都会感叹阿拉斯加的大自然是真的丰饶。在很多人心目中，阿拉斯加大概是苦寒之地的代名词，但那边的自然其实也有丰饶的一面。去河边看看，你会发现两岸遍地是鱼。因为鱼实在太多了，最靠边的会被挤上河滩，直接上手抓都行。这样的河在阿拉斯加有无数条，当地印第安人还有一句谚语，"是大马哈鱼缔造了森林"。什么意思呢？无数大马哈鱼沿着阿拉斯加的河流洄游，产完卵以后，死鱼又会跟着流淌的河水，为森林的土壤一点点注入营养……大概就是这么个意思吧。在阿拉斯加看到的风景也的确会让人觉得那句谚语说得在理。

第一批大马哈鱼一般是六月初来，每年都能在报上看到第一批鱼要来了的新闻。消息一出，大家便会倾巢而出去抓鱼，甚至不惜请假，抓够一年份的。在阿拉斯加，大马哈鱼都是大家自己抓来的，所以谁都没有花钱买大马哈鱼的概念。爱斯基摩人和印第安人自不用说，即便是在白人的生活中，大马哈鱼也占据着非常重要的位置。我也不例外，抓够了一年份的鱼，我就会觉得很安心。在抓鱼的时候，我总能深刻体会到大自然的丰饶呢。

野生动物也是一样的。每到这个时期，熊便会聚集在方便抓鱼的地方。它们平时都是独来独往的，唯独在这个时候，会有好几头熊挤在一个很小的区域里，大家一边相互牵制，一边抓鱼吃，享受美好的夏天。

河里有很多鱼的时候，熊只吃最鲜美的部位，也就是鱼头和鱼子。我觉得日本人潜意识里大概都知道鱼头和鱼子是最好吃的。可美国人差远了，所以我经常笑话我的美国朋友："你们真是一点儿都不会吃鱼。"熊懂行多了，它们真的知道大马哈鱼的哪个部位最好吃。我还见到过一幕特别神奇的光景。一只熊抓起一条鱼，用手拿着端详了一会儿，却突然把鱼放跑了。然后这只熊又抓起一条鱼，看了一会儿，最后又放跑了。我想不明白它到底在干什么，就咨询了一位研究熊的朋友。朋友说，熊大概是在闻鱼的气味，辨别雌雄。也就是说，它们专吃雌鱼，雄鱼直接放跑。

还有一次，河边来了两只带着小熊的熊妈妈。一家是三只小熊，另一家只有一只小熊。熊妈妈都去河里抓鱼了，孩子们被撂在岸上等着。两边起初离得很远，小熊们看着各自的母亲抓鱼。但没过多久，小熊们相互之间产生了兴趣，越走越近，最后直接玩到了一起。见状，带三只小熊的熊妈妈急急忙忙赶了回来。我还以为那只独生的小熊会被咬死。就在这时，另一只熊妈妈也冲了回来，两边剑拔弩张地对峙了一会儿。不过最后什么都没发生，双方一边牵制着对方，一边走开了。据说像这样两家分开的时候，小熊可能会一不小心跟着别人家的妈妈走呢。但熊是一种很不可思议的动物，就算跟来的是别人家的孩子，熊妈妈往往也会养着。我在阿拉斯加见到过好几次带着四只小熊的熊妈妈，其中的一只应该不是亲生的。熊就有这种习性。

到了九月初，阿拉斯加便会披上红叶织成的衣裳。山里的树叶会变黄，但苔原上长着各种各样的灌木，所以每种树变色的时间有些微妙的不同，呈现出浓淡各异的红色。所以那时的苔原就跟拼花布一样，美不胜收。

在北极圈，驯鹿会开启秋季的大迁徙。在苔原盖上红地毯的同时，驯鹿与驼鹿的角也会停止生长。这两种动物都是鹿科的，所以它们的角每年脱落一次，到了春天再长新的，一路长到秋天，便会大到让人难以置信的地步。

基本上到了十月初，雄性驼鹿便会开展殊死搏斗，争夺发情的母鹿。驼鹿有着不同于驯鹿的习性，它们不会成群结队地活动，而是零散分布在阿拉斯加各地，我在费尔班克斯的家附近也有驼鹿出没。驼鹿肉非常好吃。在阿拉斯加，打猎绝不是爱斯基摩人和印第安人的专利，白人的生活也与打猎密切相关。驼鹿肉更是男女老少都爱吃的一种肉。在阿拉斯加，听到有人说"今晚吃肉哦"，那么说话人指的往往是驼鹿肉。驼鹿在店里是买不到的，得自己申请捕猎许可，靠自己的本事打回来。如果把一盘牛肉和一盘驼鹿肉同时摆在我面前，我肯定也选驼鹿肉。驼鹿肉就是那么好吃，野味还是很足的。驼鹿是全球最大的鹿，只要打到一头，至少一年都不用买肉了呢。所以在阿拉斯加，大号冷冻柜是必需品，否则那么多肉放哪儿去啊。生活在阿拉斯加就是想吃鱼有大马哈鱼，想吃肉有驼鹿肉，在这方面，我总能切身感受到大自然的恩泽。

另外在这个时期，会有多到足以将苔原覆盖的树果成熟。我们主要摘蓝莓和蔓越莓什么的。每逢这个季节，走进镇上的超市便能看到货架上堆满了空果酱瓶，是按"打"卖的。阿拉斯加不产水果，所以大家会趁着这个时候多摘些蓝莓、蔓越莓什么的，自己做成果酱。全家出动，摘够一整年的树果，做成果酱，或是冷冻起来，悉心储藏。熊也会趁机大吃特吃，大伙儿出门摘树果的时候经常开玩笑说：

"千万别跟熊头碰头哦！"不过这不完全是玩笑话，摘果子的时候，人真的不太关注周围的情况呢。因为放眼望去都是蓝莓，你会一门心思摘啊摘，头也不抬，边摘边走。熊也是一样的，吃得格外专注，根本不看周围。

在山林中行走时，我们经常能碰到熊。刚碰到的时候，还是需要小心一点的。不过熊一般不会想攻击人，因为太害怕才动手的情况倒是非常多。常有来阿拉斯加的美国人问我，万一碰到了熊该怎么办？我总是这么回答："不要太害怕，但也得稍微小心一点。"大家都太怕熊了，这样反而有点危险呢。如果你见到熊以后撒腿就跑，或是怕得惊慌失措，熊也会紧张起来，搞不好就要攻击你了。不过一点都不担心也不太好，走路、露营的时候，还是得在脑子里留出一个角落想着熊。

比方说，白熊只能在阿拉斯加的北冰洋沿岸看到。大家都说白熊是最凶猛的动物。可我一直觉得，这种说法也许是有问题的。海豹在白熊的食物里占了九成多，所以白熊一年到头都在找海豹。我们不会在日常生活中见到白熊，关于白熊的传说基本上都来自爱斯基摩人的老故事和遇到白熊的北极探险队。最常听到的版本不外乎"白熊一点都不怕人，会主动靠近"之类的，但我觉得这并不能证明白熊是凶猛的动物。爱斯基摩人和探险队都会吃海豹油，所以白熊很有可能是被海豹油的强烈气味引到营地边的。

常有日本朋友问我："什么时候去阿拉斯加最好啊？"那边的每个季节我都很喜欢，不过第一次来的话，我觉得还是秋天比较合适。八月底到九月是阿拉斯加秋意最浓的时节，红叶实在是很美，也不用担心蚊子，真的是一个非常美妙的时期呢。

而且到了秋天，就能看到极光了。大家可能都以为极光只有冬天才能看到，其实天上一年到头都是有极光的。那为什么夏天看不到呢？因为阿拉斯加的夏夜不会天黑，连星星都看不到。但是过了八月中旬，夜晚就会越来越黑，黑到能看见星星的地步，便能看到极光了。在城里看见极光，你只会觉得好看，可是在山里一个人看吧，你就顾不上欣赏了，反而会觉得可怕。我们大概多少都知道极光是怎么回事，翻开书本看一看，极光的原理都写在上面呢。正因为我们提前了解过极光的知识，看到极光的时候才会觉得它很美。可是在短短的百来年前，在美国的文化还完全没有进入这片土地的时代，爱斯基摩人和印第安人会不会觉得突然显现在夜空的极光是在天际奔驰的生物呢？他们肯定是既觉得极光美极了，又把它视作敬畏的对象吧。在阿拉斯加的爱斯基摩人的民间传说中，极光也被当成了不祥之物。比如，有些传说里有"极光悄然降临，掳走了孩子"之类的桥段。在大自然中，地上的积雪会反射极光的光亮，以至于四周亮得跟白天一样。独自待在这样的环境里，肯定会非常害怕的。

话说很久很久以前，我曾跟一位爱斯基摩老奶奶一起去山里采爱斯基摩土豆。那是一种植物的根，小小的，他们很爱吃。虽然名字里有"土豆"两个字，却不是普通的土豆，就是小小的树根。不管是生吃还是煮熟了吃，都很美味，阿拉斯加人每到这个时候都会去找的。但老奶奶找的不是树根，而是老鼠洞。她走在苔原上，找到老鼠洞以后挖开一看，里面有老鼠囤积的很多爱斯基摩土豆，是它们过冬用的。老奶奶不会都拿光，只拿一半，又放了些鱼干回去，再用土把洞埋好。我问她为什么要这么做，她回答："我拿走了老鼠的食物，必须还一些别的东西给它。"这样的观念在老奶奶那代人心里还是很根深蒂固的，这让我非常感动。

这些年，我一直在拍摄阿拉斯加的自然。在这个过程中，有一点总是让我感触良多。好比在北极圈拍摄驯鹿大迁徙的时候，我总会不由得想，要是我再早出生几年就好了。时代在渐渐变化，各种各样的东西都在改变。爱斯基摩人的生活也不例外，印第安人的生活也躲不过。可是仔细想想，驯鹿的壮阔旅程直到今天仍在阿拉斯加一遍遍上演，而我能亲眼见到这样的自然，并且今后还有机会见到这样的自然，这是何等的幸运啊。所以我也会思考，拍摄这样的照片发表出来，究竟有着怎样的意义。

阿拉斯加还留有许多原生态的自然，但是和世界上的其他地区一样，选择开发还是保护成了当地人面临的一大难题。比方说，北极圈有着储量巨大的油田。于是问题就来了，是开发油田，还是留住驯鹿与狼等野生动物的家园，留住完全没被人破坏过的自然？开发派的逻辑是，阿拉斯加北极圈的自然没人去得了啊，保护人类去不了的地方又有什么用呢？诚然，百分之九十九以上的阿拉斯加居民一辈子都不会见到驯鹿的大迁徙。这么想来，开发派的说辞好像还真有那么点说服力。

但我觉得，对人类来说不可或缺的自然其实有两种。一种是大家身边的自然。好比贴近生活的小森林、小河什么的，那是会在每天的生活中变化的自然。而另一种则是遥远的自然。虽然它和日常生活无关，但只要它还存在于地球的某个角落，人就会觉得很安心。要不要开发油田的确是个很难抉择的问题，可我还是希望人们能想办法保护好自然。比方说，就算驯鹿的大迁徙没了，狼也消失了，阿拉斯加人的生活也不会有任何变化。对生活在遥远的日本的人来说，它们更是和生活一点边都沾不上。可我觉得它们的消失总归会催生出一些缺口的。这个问题和我们想象中的世界有关。没法亲自过去也没关系，只要知道某个东西就在那里，人就会觉得很安心，就能张开想象的翅膀。这也是自然弥足珍贵的一面。要是这样的自然消失了，心肯定会变得贫瘠，我们的想象力也会严重受限。换句话说，要是世界上一匹狼都没有了，我们就没法想象出活着的狼是什么样的了。可是只要还有狼活着，就算没法亲眼见到，我们也能在脑海中勾勒出它们的模样。我觉得这样的世界肯定是存在的。

所以我总是一边拍摄阿拉斯加的自然，一边感慨，也许大家没法亲自过来，但只要大自然还在这里，我们就能在自己的意识中描绘出无尽的自然，而这样的自然无比珍贵。我就是怀着这样的信念在阿拉斯加拍摄的。

第六章

阿拉斯加东南部与座头鲸

1994年4月9日，星野道夫千第四届国际海豚鲸鱼大会江之岛论坛发表演讲，题为『阿拉斯加东南部与座头鲸』。

十五年来，我一直在阿拉斯加拍摄以野生动物为主的当地自然风光。那我最初是以怎样的形式对自然产生兴趣的呢？这得从我的童年说起。那应该是我上小学的时候吧，当时我对自然什么的还没有清晰的概念，只是个普通的孩子。有一阵子，我很喜欢看电影，经常去自家附近的电影院看三部连播的武打片。

　　不过有一天，我看了一部风格不太一样的电影，名叫《蒂科和鲨鱼》。故事发生在南洋的大溪地，主角是原住民少年和鲨鱼。这部电影给我留下了深刻的印象。那应该是第一部以大自然为舞台的纪录片吧。虽然我当时还很小，但出现在大银幕上的蔚蓝大海还是大大震撼了我的心。世上真有这样的自然吗？那天的感动还历历在目。

现在回想起来，让我意识到自然真的很有趣的第二个契机出现在我上高中的时候。那时我十分向往北海道，特别憧憬北方的自然，也不知道是为什么。对当时的我来说，北海道是个很遥远的地方，使我魂牵梦绕，想着有朝一日一定要去走走看看。所以我也看了很多关于北海道的故事。渐渐地，栖息在北海道的熊在我脑海中的分量越来越重了。有一阵子，我明明在东京上学，可是坐电车的时候，思绪也会忽然飘向北海道的熊。

我过着一天又一天的日常生活，而与此同时，棕熊就活在日本的另一个角落。我觉得这是一件非常不可思议的事情。仔细想想，这明明是很理所当然的，可是在日常生活中，北海道的熊总会蓦然浮现在十五六岁的我的脑海中。我在这里过着这样的生活，而在同一个瞬间，棕熊正在山间行走，说不定正在跨越一棵倒下的树木……一开始想这些，我就停不下来了呢。现在回想起来，那应该就是各种各样的生物同时活在同一时间的神奇吧。

在这四五年里，阿拉斯加东南部的自然一直是我的拍摄主题。话说几年前，我去那边旅行的时候发现，那是一片被冰川与森林覆盖的土地，座头鲸每年夏天都会从夏威夷回到那里。那年我一边坐船一边跟拍座头鲸，就在这个时候，一位日本的编辑朋友到阿拉斯加来了。他平时过着十分忙碌的生活，好不容易请出一星期的假，跟我一起坐船旅行。我们每天在阿拉斯加东南部的海面航行，同时寻找座头鲸。有一次，我们遇见了一小群座头鲸，跟它们共度了一整天的时光。直到傍晚，我们还跟在一头座头鲸后面，慢慢漂着。突然，那头鲸鱼竟毫无预兆地跳了起来，给了我们一个绝美的鲸跃。然后它坠回海中，继续悠游，一切照旧。整件事就是这么简单，但朋友回国后给我写了一封信，说他觉得这次不虚此行，因为他看到了鲸跃。当他在东京忙得团团转的时候，也许有鲸鱼在同一时间冲出阿拉斯加的水面。能有这样的联想，让他倍感欣喜。也就是说，看到座头鲸跳起来的那个瞬间，让他意识到忙碌的日常生活中也有和阿拉斯加的大海相连的部分，两边共享着同一条时间轴，原来各种各样的生物都活在同样的时间里，这份神奇让他分外感动。上高中的时候，北海道的棕熊也让我不由得感叹，原来大自然是那么有趣。朋友的感想和当年的自己有许多不谋而合的地方，我还清楚地记得自己饶有兴致地看了那封信呢。

好像扯远了，话说为了参加这次的海豚鲸鱼大会，我是五六天前从阿拉斯加出发的。在安克雷奇的机场等飞机的时候，突然有人拍了拍我的肩膀。我心想会是谁呢？回头一看，只见一个爱斯基摩青年微笑着站在我跟前。咦，这张脸好眼熟啊……后来我想起来了，十多年前，我在一座叫"波因特霍普"的村子参加过传统的捕鲸，我们就是在那儿认识的。他当时还是个小男孩呢。毕竟是阔别十年的重逢，我们感慨万千，聊了很多很多。现在刚好是四月，波因特霍普又快迎来捕鲸的季节了。虽然我们很快又各奔东西了，但是能和他偶遇，跟他聊聊这方面的话题，再来出席海豚鲸鱼大会……这些巧合赶在一起，真是太不可思议了。

这些年来，我围绕各种各样的主题拍摄了阿拉斯加的自然。不过一想到鲸鱼，我的脑海中总会浮现出两个场景。场景之一，是我在这四五年里重点拍摄的阿拉斯加东南部的自然。我刚才也说了，那是一片被冰川与原始森林覆盖的绝美土地。无数小岛零星分布在峡湾的海面上，座头鲸每年夏天都要回来觅食。那个世界真的很美很美，美到无法用语言来描述呢。这就是我在阿拉斯加想到鲸鱼的时候，会浮现在脑中的世界之一。场景之二则是我刚才提到过的，爱斯基摩人的捕鲸活动。下面就先跟大家聊一聊爱斯基摩人是怎么捕鲸的吧。我第一次见到鲸鱼，也是在参加捕鲸的时候。

我在 1983 年第一次参加了爱斯基摩人的捕鲸。我去的是一座北极圈内的小村庄，叫"波因特霍普"。在阿拉斯加各地的爱斯基摩人开展的捕鲸活动中，波因特霍普保留了最多的传统元素。我在十多岁时第一次踏上了阿拉斯加的土地，但那次去的是沿海爱斯基摩人的村庄，和当地的一家人共度了一个夏天。这是我与阿拉斯加的第一次亲密接触，所以在思考自己和阿拉斯加的缘分时，住在那里的阿拉斯加原住民的生活总在我脑中挥之不去。移居阿拉斯加之后，我便对原住民怀有怎样的自然观与世界观这一问题产生了浓厚的兴趣。我觉得"原住民"这个词是可以替换成"狩猎民"的。第一次参加捕鲸的时候，村民们早在鲸鱼到来之前就在冰上扎营了。到了四月，他们便会迎来第一批从南方迁来的动物，那是一种叫绒鸭的鸭子。大家每天都在冰面上露营，等待鲸鱼的到来。在这个时候看到第一批候鸟从南方大举飞来，真的会不由自主地激动起来呢。看到绒鸭成群结队地往北飞去，我是很感动的，但跟我一起的爱斯基摩人是怎么想的呢？他们可是一边等着，一边用舌头舔嘴唇啊。也就是说，他们都迫不及待地想吃到第一批过来的候鸟呢。爱斯基摩人用绒鸭煮的鸭汤非常美味。我躲在冰块旁边，看着一群群绒鸭从头顶飞过，但爱斯基摩人都拿着枪候着呢。我把候鸟飞来视作象征春天来临的美好场景，可是对一旁的他们来说，在天上飞的就是晚饭的小菜。换句话说，那是漫长的冬天过后出现的第一批候鸟，他们都馋死啦。眼前明明是同样的场景，我是带着观鸟的心态看的，可他们不是，我深刻感觉到了这种心态上的差异。但与此同时，我觉得这两种不同的心态好像也有重合的部分。

跟着爱斯基摩人去捕鲸时，我真正体会到了这一点。参与捕鲸的机会是非常难得的，因为对爱斯基摩人来说，捕鲸是一件很神圣的事情，所以他们不太会让外人参与进来。想当年，连同村的女人都是不准去的，足见捕鲸有多么神圣。直到移居阿拉斯加的第四年，我才有幸参加……我心里一直有一个强烈的念头，想亲眼看看他们的捕鲸。那么捕鲸具体是如何开展的呢？从四月到五月，白令海到北冰洋海域的冰会在海流、海风等因素的作用下逐渐裂开，形成被称为"冰间水道"的小海面。也就是说，到处都会出现冰层的裂缝，而鲸鱼就是沿着冰间水道一路北上的。所以爱斯基摩人会沿着水道设置捕鲸的营地。我去的波因特霍普村总共有十五艘左右的爱斯基摩皮筏。这种皮筏用传统方法制成，材料是六七头髯海豹的皮。村民就是划这种皮筏追逐鲸鱼的。皮筏的所有者是村子的长老，年轻人在长老的领导下通力合作，一同捕鲸。

在捕鲸的过程中，冰间水道发挥着非常关键的作用。因为要是没有这一片片小小的海面，他们就打不到鲸鱼了。毕竟他们是靠划桨前进的皮筏追赶鲸鱼的，如果冰间水道太宽太大，就没法把鲸鱼逼到绝妙的位置了。反之，如果冰间水道太小，就算鱼叉射中了，鲸鱼也有可能逃到冰层下面去。所以他们会耐心等到水道发展成适合捕鲸的大小。我去的那年，水道迟迟没有开到适合捕鲸的大小。他们在四月初就离开村子，沿着冰间水道设了十五个营地，营地之间大概有一百五十米的距离吧。在水道打开之前，他们唯一能做的就是等待。有很多巨大的冰山分布在水道边，而冰山上的视野是很开阔的，能看到鲸鱼从远处游过来。所以大家都聚集在冰山上，一天天盼着鲸鱼过来。谁知一星期过去了，两星期过去了，水道的状态还是不尽如人意。往远处看，只见一头头鲸鱼喷着水游向北方，可他们过不去啊，因为水道太小了。也许今年要空手而归了……焦虑的情绪逐渐在营地蔓延开来。波因特霍普村的生活十分依赖每年春天的捕鲸，一头鲸鱼都打不到可是大问题。但两个星期过去了，三个星期过去了，眼看着捕鲸季就要结束了。虽然到了五月和六月，还是会有鲸鱼源源不断地从南边游上来，可是四月一过，冰就化光了，只剩下广阔的白令海与北冰洋。到时候，他们就不可能靠自己的双手划皮筏追鲸鱼了。也就是说，爱斯基摩人的捕鲸活动建立在冰与海的微妙平衡上。

我也在浮冰上跟村人们一起等待鲸鱼，等了一天又一天。对我来说，这是一段非常有趣的经历，我每天都要跟他们聊各种各样的话题。

最有趣的是，我发现村里的年轻人经常跟老人家交流。鲸鱼是从哪里来的，要往哪里去什么的，年轻人是一点都不了解的。我跟村里的一位老奶奶特别要好。她的名字叫玛依拉，我跟她格外合得来，每天都待在一块儿。玛依拉一心盼着年轻人早点打到鲸鱼，每天都要念叨好几遍"真想快点吃上鲸皮啊"。鲸皮是鲸鱼的表皮，口感最是细腻，是爱斯基摩人的最爱。当年玛依拉应该是七十五岁左右吧，她那代人才是货真价实的"老爱斯基摩"呢。我每天都跟她聊，能清楚地感觉到她一天消沉过一天。因为捕鲸季就快结束了，可一头鲸鱼都没打到，这让她担心极了，所以整个人都没精神了。谁知突然有一天，一个年轻人带着好消息冲来我们的营地，说村子派出的其中一个小队在远处打到了鲸鱼。接到消息，整个营地都沸腾了，大伙儿连忙跳进皮筏，出海去了。无论哪个小队打到鲸鱼，他们都不可能单靠自己划皮筏把整头北极鲸，也就是北太平洋露脊鲸拉回来。所以一旦有人得手，其他小队都会划着皮筏赶赴现场。无论打到鲸鱼的是谁，肉都是全村共享的，但是能分到哪个部位，取决于赶到现场的顺序。大家都想尽快赶过去，分到最好吃的部位，所以才会争先恐后地出发。一眨眼的工夫，营地的皮筏就走光了。那时我也激动得要命，满脑子都想着，大伙儿马上就要拉着鲸鱼回来了，得抓住机会拍照片啊，于是我就跑回了自己的营地。跑着跑着，我竟止不住地掉眼泪。我也纳闷自己怎么会哭得那么厉害。虽然只和他们共度了短短的几个星期，但是跟大家一起等待鲸鱼时产生的种种情感也许在某个点上产生了交集，再加上玛侬拉的期盼和各种各样的念想，我就哭得停不下来了吧。后来我回到营地，拿好相机回到浮冰一看，其他人都已经出海了。就在这时，不知从何处传来了阵阵歌声。到底是谁在唱歌啊？我环视四周，却一个人都没看到。忽然，我的视线落在一块大浮冰的上方，只见玛侬拉面向大海，一边用无比平静、没有多少抑扬的声音歌唱，一边跳舞。四周明明空无一人，她却面朝大海专注地跳舞，我都走过去了，她也没有反应，仿佛已经忘记了我的存在一样。她独自进入了出神的状态，流着眼泪对大海跳舞。我在阿拉斯加待了十五年，没有比这一幕更让我印象深刻的了。直到今天，每次在阿拉斯加想到鲸鱼，我都会最先想起那天的光景。

片刻后，十五艘皮筏从远处驶来。大家一边用船桨拍打皮筏的侧面，一边模仿海象的叫声，每个人都格外亢奋。鲸鱼拖在队伍的最后头。靠岸后，所有村民齐心协力把鲸鱼拽到冰面上，下一步就是肢解了。一个多小时前还在北冰洋里悠游的鲸鱼就躺在我眼前的冰面上，这简直太不可思议了。我一会儿拍两下，一会儿摸一摸，感动得不得了。我本以为他们会马上动手，谁知村民们站在鲸鱼周围，在长老的带领下开始祈祷了。祈祷结束后，才是肢解的环节。

我兴致勃勃地看着他们下刀，心想："原来一头鲸鱼是这么被肢解的啊。"肢解的方法要按照古老的传统来，没有老人家的指点，年轻人根本无从下手呢。实际动刀的是射中鲸鱼的年轻队员，他会站在鲸鱼身上切，但他周围一定会有老人家守着，及时下达指令。这一幕让我感慨万千。阿拉斯加的爱斯基摩人的生活，尤其是精神世界，正经历着一场巨变，这让他们越来越不自信了。他们正面临着身份认知的逐渐崩塌，处于一个非常不稳定的过渡期。但是参加捕鲸的青年脸上，分明都洋溢着耀眼的神采啊。那熠熠生辉的模样直教我怀疑，他们真是我熟识的爱斯基摩青年吗？而且老人家是很有话语权的，没有他们贡献智慧，年轻人不可能把鲸鱼肢解好。我当时便觉得，一个能让老人家享有如此尊严的社会是多么健康啊。只见鲸鱼被一点点切开，分给每一个村人。最后只剩下了头骨，那是一块非常大的颚骨。起初我也不知道他们要怎么处理这块骨头，就在这时，人们来到颚骨周围，开始把它推向大海。一开始我还没反应过来，只见大家一点点把颚骨推向冰间水道，最后一齐发力，把骨头推进了海里。在骨头落水的那一刹那，大家齐声高呼："明年再来啊！"在那一刻，我感觉自己终于对爱斯基摩人的捕鲸有了那么一点点感悟。

　　爱斯基摩人的观念与精神世界正在走向消亡，不过"因努阿"（Inua）这个概念在他们的精神世界中有着非常重大的意义。因努阿可以概括成"世间万物皆有精灵"，这里的万物包括所有生物，也包括山川、浮冰等非生物。换言之，他们认为世间万物都跟人一样活着。"灵魂的世界"也是一个重要的概念。比如在把死者的名字赐给新生儿之前，死者的灵魂是不会脱离肉身的。又比如开枪打死熊以后，一定要把熊的头骨留下来，面朝山林。如此一来，这只熊的魂魄便会在日后长出血肉，再度归来。还有一种观念叫"西拉"（Sila），它指的是统治灾害、疾病等人类无法掌控的超自然世界的神。自古以来，因努阿、西拉与灵魂一直支撑着爱斯基摩人的精神世界。在与现代打交道的过程中，这些观念在飞速走向消亡，但是在捕鲸的过程中，我非常强烈地感觉到了这些元素，而且还产生了这样一种印象：捕鲸大概是他们精神世界的最后一道堡垒吧。

　　阿拉斯加东南部的自然是绝美的自然。去阿拉斯加的头十年，我的眼睛总是盯着北极圈，几乎没关注过阿拉斯加南边的自然呢。不过在五年前，我第一次亲眼见到那边的自然，一下子就被迷住了。我手头没有阿拉斯加的地图，光用嘴说，大家可能很难想象出来，其实所谓的"阿拉斯加东南部"，就是阿拉斯加朝加拿大、不列颠哥伦比亚那边往下伸出去，轮廓有点像锅把手的那个地区。那边雨水丰富，年降雨量有四千毫米以上。日本海流正好会经过那边，温热的空气撞到岸边的冰山，便催生出了大量的雨雪。那是个被原始森林和冰川覆盖，几乎没有道路的世界。那南边的海是什么样的呢？无数小岛以峡湾的形式零散分布，海湾很深，最深处一定是有冰川的，实在是一个很梦幻的世界。而且每年夏天都会有座头鲸过来。其实我去阿拉斯加东南部拍摄的初衷并不是鲸鱼，而是森林。那边的原始森林应该是美国最大的了，是完全没被人破坏过的净土。

海边的原始森林已经处于森林的最后阶段了。什么意思呢？在冰川后退以后，原始植物最先出现，之后出现的植物形成了森林，然后再从鱼鳞云杉（Picea jezoensis）林演变成日本铁杉（Tsuga diversifolia）林，而阿拉斯加东南部的森林已经到了最后一个阶段。也就是说，森林已经没法再变样了。原始森林在英语里是"old-growth forest"，那是一个长满苔藓的奇妙世界。

拍摄工作大约是五年前启动的。有一次，我遇到了这么一件事。那天我一边拍照，一边在森林里独自行走。突然，我听到了一种奇怪的声响。咻，咻……听着像是呼吸的声音。到底是什么声音啊？我想一探究竟，便朝声音传来的方向走去。走着走着，就走到了海岸边。只见两头座头鲸正好从我眼前游过。我当时的心境不是三言两语能说清楚的，但总的来说，我很平静。岸边有被水冲上来的浮冰。远处是冰川覆盖的山峦。然后在我眼前，座头鲸伴随着平和的呼吸，慢慢游过。在那一刻，我产生了一个非常不可思议的念头。我感觉好像有某种东西把冰川、鲸鱼与森林串联了起来。

几天后，又一段有点神奇的体验降临在我身上。事情发生在傍晚时分，那是个格外风平浪静的月圆之夜。持续了好久的风浪总算消停了，海面就跟玻璃一样平滑。我们下了船，改用小橡皮艇出海。只见将近二十头座头鲸出现在海面的角角落落，仿佛把我们包围了一样，一边慢悠悠地游着，一边呼吸。我们关了马达，在海面漂流了很久。常有人说"地球是水做的"，那一幕光景还真是只能用这句话来形容。我刚才也说了，要知道在不久前，那一带还是被冰川覆盖的汪洋啊。这里的"不久前"指的是"数百年前"。反正我想表达的意思是，冰川的徐徐后退使陆地重新显露出来，然后大海回来了，鲸鱼回来了……鲸鱼、森林与冰川的确被某种东西紧紧联系在了一起，形成了一个不可拆分的世界，我真的产生了这种不可思议的感觉。就在这时，我隐隐约约察觉到了自己应该在这片土地深耕的主题。我开始寻思，能不能围绕"时间"这个主题拍些照片呢？能不能以阿拉斯加东南部的自然为舞台，以"真正悠远的时间"为主题拍些照片呢？

生物经历了漫长到难以想象的时间才走到今天，但我觉得，只要围绕"每年回到那里的座头鲸"、"冰川"与"原始森林"这三个主题展开，也许就能把这件事清楚地呈现出来。如今在阿拉斯加东南部开展摄影工作时，这也是我的一大着眼点。在思考这种悠久时间的时候，我又琢磨起了另一个问题："人类拥有的时间又算什么呢？"在我看来，历史并不是很久很久以前发生的事，而是一直持续到今天的事。所以当我用自己的逻辑在脑海中思考人类的历史时，我养成了用基于"人的一辈子"的标尺丈量历史的习惯。什么意思呢？比方说，一提到弥生时代，大家往往会觉得那是一千八百年、两千多年前的陈年往事，对吧？我们会下意识地把历史中的一起事件视作是与现在毫无关系的知识。但是把标尺换成"人的一辈子"，你就会发现历史其实并没有那么遥远。好比弥生时代离我们有多远呢？此时此刻，我存在于这里，我上面有父母，而我的父母也有各自的父母……通过串联人的一辈子追溯历史，你便会意识到，像这样一路数上去，弥生时代离我们也不过是六十到八十个人的距离啊。

也就是说，当这些先人排成一列的时候，我们也许能在不经意间清楚地看到与自己血脉相连的弥生人，连他的脸型说不定都能看得清清楚楚。如此想来，我便会觉得人类的历史真是太短太短了。对比地球走过的漫长岁月与历史，以一亿年为单位的时间轴终究是我们无法企及的。比如恐龙是在数千万年前灭绝的，按我们的时间观，怕是很难理解"数千万年前"是个什么概念，但是换成"一万年前"的话，追溯人类的历史也许真能让我们产生一万年前仿佛就在不久前的错觉。

一想到这里，我的思绪便会飘向阿拉斯加的原住民。在一万年前，两万年前，在最后的冰河时期，欧亚大陆与阿拉斯加还是连着的，中间有一片被称为白令陆桥（Beringia）的广阔平原。爱斯基摩人和印第安人都是通过白令陆桥来到北美大陆的，但那并不是遥远的往昔，而是不久前发生的事情啊。像这样以阿拉斯加东南部的自然为主题思考鲸鱼、森林与冰川时，我的脑海中总会浮现出在那里繁衍生息的人们。

海达族（Haida）与特林基特族（Tlingit）就是生活在那里的印第安人。他们也是所谓的图腾柱的缔造者。开始拍摄阿拉斯加东南部的自然之后，我对当地原住民的兴趣总在脑海中挥之不去。无论如何都要看看他们亲手打造的图腾柱，这个念头变得格外强烈。然而在阿拉斯加，真正意义上的图腾柱早已一根不剩了。绝大多数图腾柱不是在某个时代被搬进了博物馆，就是腐朽得不成样子了，据说他们在神话时代缔造的图腾柱在阿拉斯加已经不复存在了。可即便是这样，我还是想设法看看那些图腾柱，看看在印第安人和鲸鱼、白头海雕、熊与狼不分彼此的时代诞生的图腾柱。

有一次，我听说了一件很有意思的事情。在比阿拉斯加东南部更靠南一些的地方，有一个由许多岛屿组成的群岛，叫夏洛特皇后群岛（Queen Charlotte Islands）。很久很久以前，那是海达族的岛。据说那里还留有海达族与动物融为一体、共生共存的那个时代诞生的图腾柱。那个地方很难去，非常远，但是只要去到那里，应该就能见到真正的图腾柱了。在一百多年前，欧洲人第一次经过那边的时候，他们带去的天花害得海达族几乎死绝，幸存者也离开了祖祖辈辈生活的村子，移居其他岛屿。后来，博物馆开始搜集世界各地的遗产，图腾柱也成了搜集的对象，但海达族希望把图腾柱留在原处，拒绝了博物馆的请求。把图腾柱送去博物馆，就能把它们永久地保存下来。可要是把它们留在大自然中呢？图腾柱毕竟是木文化，总有一天会腐朽消失的。然而海达族表示，虽然他们已经没法亲自过去了，但是在他们心目中，那是个非常神圣的地方，不允许任何人带走图腾柱，柱子烂光了也没关系，要把它们留在原处。真正的图腾柱就这样奇迹般地留在了夏洛特皇后群岛的某座小岛上。我在去年第一次踏上那座小岛，那真是个人迹罕至的世界。走进小小的海湾，便能看到森林中的图腾柱。数量大概有近二十根吧，其中有一半倒在地上，长满苔藓，有的甚至长出了新的树呢。那景象让我感动极了。原因之一，应该是图腾柱存在于已经被人遗忘的地方这个状态吧。图腾柱真的已经腐朽殆尽了，却还是以那样的形式留存至今。它们有着形形色色的形状。有的像白头海雕，有的像渡鸦……

据说渡鸦是印第安神话中的造物主，是一种非常重要的鸟呢。不知道为什么，渡鸦不光在印第安人心中占据着重要的地位，对爱斯基摩人而言，渡鸦也有着非常重大的意义。它们是很不可思议的鸟，每个创世神话中都有它们的身影。有的图腾柱刻着渡鸦，有的则是被熊怀抱的人类婴儿……多姿多彩的图腾柱爬满了苔藓，几乎就要消失了，但它们依然拥有巨大的力量，在向我诉说着什么。

我在那里待了两天，一个人坐在那儿看着他们在神话时代缔造的图腾柱，便觉得神话不再是寻常的故事了，它们正带着非常巨大的力量朝我逼来。夏洛特皇后群岛之行也成了我对神话产生兴趣的契机。听到"神话"这个词，很多人的第一反应是荒唐，觉得那是落伍陈旧的虚构故事，殊不知神话其实有着强大的力量。现在是一个连宇宙都能去得了的时代，自然科学非常发达，"我们究竟是一种怎样的生物？""我们到底是什么？"这样的问题也被一点点解释清楚了。然而我总是莫名地觉得，这样的科学智慧不会讲述我们与社会的联系。我感觉自己正被迅速剥离出世界，变成了目标客体。我们已经能登上月球了，自然科学也发展到了很高的水平，但我深深地觉得，我们的精神世界好像变得愈发贫瘠了。此时此刻，我真心觉得，为了找准自己在这个世界上的定位，也许我们在某种程度上需要神话的力量。以刚才提到的捕鲸为例吧，在波因特霍普村流传的一个神话我非常喜欢。这个神话有点长，所以我也无法将它原原本本地讲给大家听。大致的情节是这样的。某天晚上，村里的一家人正待在一座冰屋里。忽然，年轻的儿子进入了恍惚状态。所谓的恍惚状态，就是失去了意识，呆呆地坐着。他的家人在一旁看着。片刻后，儿子的意识脱离了他的肉体。不知不觉中，他发现自己正和鲸鱼一起悠游。他的身体也变成了鲸鱼的模样。在与鲸鱼结伴旅行的过程中，他逐渐理解了鲸鱼的心思。就在这时，鲸鱼长老对他说："等春天来了，我们会从波因特霍普村附近路过，朝北冰洋游去。到时候你一呼吸，就能在水面看到爱斯基摩人的皮筏。要被谁的鱼叉打中，必须由你自己来选。还有，你要选一艘雪白干净的皮筏。"因为能把皮筏保养得那么好的爱斯基摩人一定会很珍惜打到的鲸鱼，把肉分给全村的人……长老跟他讲了很多很多。也就是说，长老在教它们要让谁的鱼叉击中自己。我特别喜欢这个故事，至于原因，我也解释不清楚。波因特霍普村的人真的相信代代相传的捕鲸神话吗？我觉得倒也不是。鲸鱼把这些东西教给人这种事，他们是绝不会相信的。不过在我看来，通过神话找准自己在世界中的定位总归是个很好的方法。我由衷地认为，神话就有这样的力量。在我看来，"抑制"在其中承载着巨大的意义。在某个方面持续抑制自己。这也许是和禁忌之类的世界挂钩的，反正我总觉得神话就有这样的力量。

如此想来，我们现在正活在一个怎样的时代呢？各种东西都变得越来越方便了，科技也是日新月异，但与此同时，我们也失去了非常重要的东西。这类神话，自己的神话已经不复存在了，这一点着实让人担忧。换句话说，我们不知道该如何在世界或宇宙中找准自己的定位了，不是吗？再过几年，我们就要跨入一个新的千年了。一想到这些事，我心中还是会有一抹焦虑。有一种观点认为，从作为智人迈出第一步的时候开始，人类就谱写了形形色色的剧本，也是照着剧本迈进的。我不愿意这么想，心底还是想有点信念的。比方说，我有时候会这么想。要不了多久，我们就会迎来2000年。到时候，我会时不时琢磨这样一个问题，那就是人类能不能迎来3000年呢？还要等一千年才能见分晓，但我总会在心里琢磨，如果人类能迎来3000年的话……我总觉得，当活在 3000 年的人回顾过去的时候，如果人类真是一个不断进化的物种，那么现在就必然是人类的转型时期。不，应该这么说，人类必须趁现在做出改变。这里的"改变"，应该是意识层面的变化。我的想法的确还很模糊，要是你问我意识层面的变化究竟是什么，我还说不出个所以然来。不过我今后会继续待在阿拉斯加，希望能在与阿拉斯加的自然打交道的过程中，持续释放出能成为变化契机的讯息。

第七章

来自空无一人的森林

1994年6月11日，星野道夫为东京都涩谷区的松涛美术馆举办的摄影展「仅存的乐园」发表演讲。

我现在定居在阿拉斯加，四五天前才为了这次摄影展回到日本。每次从阿拉斯加回到日本，我都会感觉到巨大的差异。

　　前些天，我一直住在北极圈的一座印第安小村庄"查尔基茨威克"，直到上星期才走。因为我很想见一见即将迎来八十三岁生日的阿拉斯加印第安人精神领袖，就特地去他们的村子待了几天。我在村里听那位老爷爷讲述了形形色色的古老传说。老爷爷出生在八十三年前，不过他们对八十三年的理解跟我们还是不太一样的呢。在阿拉斯加，上一辈、上上一辈的事情，对他们来说真的就是很久很久以前了。在这一百来年里，他们的生活经历了一场剧变，仿佛从古代一下子跳到了现代。所以无论是爱斯基摩人还是印第安人，现在八十多岁那代人所经历的种种，放在年轻人眼里都跟发生在另一个世界的事情一样。

我在那里待了四天左右，跟老爷爷聊了很多很多。在此期间，他给我讲述了一段关于火的往事。

那恐怕是他的童年经历吧。想当年，他们曾有过一个一边徘徊流浪，一边寻找猎物的时代。于是生火便成了一大难题，尤其是冬天。他们会把一种叫"箱柳"[13]的植物的茎磨成粉，再用石头弄出火星。冬天不比夏天，是一个零下五十度的世界。他们必须在如此严苛的条件下风餐露宿，同时追逐猎物。老爷爷跟我描述了他们是如何把前一天留下的火苗转移到下一处营地的。首先，要派一个人当先遣部队，提前出发，一路上搭出若干个柴堆。柴堆的数量视行程而定，反正他的任务是提前用枯木搭好柴堆，为后来的人创造迅速点火的条件，以便把火种带到下一处营地。准备工作结束后，一家人或是一队人再跟上。届时，他们之中跑得最快的人要拿着用余火点着的火把，想方设法护着它跑到下一个有柴堆的地方，用这样的方法接力过去。村里还流传着许多能体现出当年点火有多难的故事。

上个星期，我基本上是在那个印第安村子度过的。在这样的状态下回到东京一看，感觉差距还是相当大的。

我出生长大的老家在千叶县的市川，家附近就是繁华的闹市区。老家隔壁是卖烤鸡串的铺子，再隔壁是饺子店，饺子店旁边是小钢珠店，再过去还有夜总会。我并不讨厌这样的环境，每次从阿拉斯加回日本，这些东西都会让我倍感怀念，看着可窝心了呢。不过在这样的日本待上两天，我反而能把阿拉斯加看得更清楚。毕竟在那边住得久了，很多东西都会变得理所当然，会让人过分习惯。所以我并不是在比较哪边更好，只是时不时回到日本，看看截然不同的世界，有助于更加清楚地了解阿拉斯加。

　　去美国本土的时候也是一样的。比方说，从阿拉斯加坐飞机去纽约，要六七个小时的样子，但我一定会挑深夜的航班，而且要坐靠窗的位置。当然，机票便宜也是我选这种航班的原因之一啦。每次都是半夜零点左右从我居住的费尔班克斯出发，大约第二天清晨到纽约，这样可以看着阿拉斯加的夜景一点点接近美国本土，那感觉真是棒极了。因为是晚上的航班嘛，所以地面是看不太清楚的，但时不时能看到被月光照亮的阿拉斯加自然风光，好比冰川、山峦什么的。不过人的生活产生的灯光还是难得一见的。怎么说呢，飞着飞着，忽然看到人家的灯火时，我会觉得格外可爱，不由得感叹这样的地方也有人住着呢。然后飞机一路往南，最先路过的就是西雅图。西雅图是个大城市，夜景当然是很壮观的。从西雅图开始，光亮就是连续不断的了。再飞一会儿便是芝加哥，芝加哥的夜景也很恢宏。在阿拉斯加上空飞行的时候，你完全看不到人家的灯火，可是一进入美国本土，光亮便会渐渐串联起来。在高空观察人的生活，总能看得格外清楚，因为生活会以光亮的形式非常单纯地呈现出来。所以我总是在飞机上张开遐想的翅膀。抵达纽约以后，你就会被人工的光亮彻底包围，但我并不讨厌这种状态。虽然是人造光的海洋，但是总归是有人住的，一想到这儿，你便会觉得下面的夜景也很美。然后从纽约回阿拉斯加的时候，我会继续选择晚上的航班。返程和去程刚好相反，光亮是逐渐消失的，飞到阿拉斯加的时候，底下就只剩原野了。

去美国本土就跟回日本一样，暂别阿拉斯加，反而能更清楚地把握那片土地的模样。阿拉斯加保有的自然有着十分极端的规模，不走出来看一看，就很难深刻了解呢。十五年前我刚搬去时品尝到的感动，也因为日渐习惯那边的生活变得模糊起来，当初的感觉好像慢慢地淡了。所以像这样暂别阿拉斯加，对我来说也是很有好处的呢。

因为阿拉斯加是个没有马路的世界，生活在北极圈的人出行都要靠飞机。几年前去北极圈拍驯鹿的时候，我跟飞行员朋友一起从费尔班克斯出发，飞越没路可走的原野，一路向北。遇到这种情况，飞机总会低空飞行，贴着原野、擦着山峰飞过去。放眼望去，还能看见广阔的河面。在保证安全的前提下贴着地面飞，有时能看见正在漫步的狼，或是正在喝水的驼鹿，还有在山上吃东西的北美灰熊什么的。一边飞，一边欣赏这样的风景，真是一种享受。

一直载我的那位无人区飞行员在阿拉斯加飞了好多年。去非洲开飞机是他的夙愿。这几年，他每逢冬天就会跑去非洲当志愿者飞行员，为各类难民营运输物资。

话说某年冬天，他第一次以飞行员的身份去了非洲。回来以后，我照例坐他的飞机去了北极圈。

在阿拉斯加的原野飞行时，我们戴着耳机，通过麦克风聊了很多很多。当时我问他非洲怎么样啊，他告诉我，非洲果然也面临着这样那样的问题，那边的大自然正在迅速消亡。可阿拉斯加不一样，飞上好几个小时，底下还是一望无际的原野，杳无人烟。他本以为这样的世界是理所当然的，去过非洲以后，他才真正体会到阿拉斯加所拥有的原生态自然是多么伟大。那是他第一次暂别阿拉斯加，前往非洲，然后再回来。我没去过非洲，只在阿拉斯加待过，却非常能理解他这番话背后的含义。

常有人问我："您为什么要去阿拉斯加啊？阿拉斯加最吸引您的地方是什么啊？"原因当然是多方面的，没法用一句话概括出来，实在要概括的话……我也不知道这么说贴不贴切啊，我觉得原因在于，阿拉斯加有着广阔得莫名其妙的自然。

从北极圈起飞，飞上好几个小时，出现在视野中的总是无边无垠的原野，那片自然是没有任何意义的。在考虑"自然"的时候，我们的眼睛总是瞄着它背后的意义。这个语境下的自然可以是国家公园，而公园可以为人带来某种益处。毫无意义的广阔自然应该是很难亲历的吧。

摊开阿拉斯加的地图看一看，你就会发现有马路的地方真是寥寥无几。那就是个几乎无路可走的世界。阿拉斯加的地图是很有迷惑性的。比方说，图上稀稀落落地印着一些村镇名字，每个地名旁边都印着大大的黑点。可是跑过去一看，那里可能只住了四户人家。

一百多年前在阿拉斯加留下了脚印的美国探险家说过这么一句话："要是年轻的时候去了阿拉斯加，以后有你受的。"言外之意，最好是上了点年纪再去。我觉得他想表达的意思大概是，一上来就见识了阿拉斯加，再去其他地方就感动不了了，因为阿拉斯加的自然实在太壮观了。这话还是有点道理的，我也是在那边待久了，所以想象别处的自然时，我会下意识地以阿拉斯加为参照物。好比去美国本土的大峡谷或者黄石这样的国立公园时，我当然也会觉得那边的自然是很恢宏的，但是来自阿拉斯加的我在看到那片恢宏的自然时一定会不由自主地想象，地平线的那一头会有怎样的风景呢？阿拉斯加有着一望无际的原野，而地平线的另一头也是同样的原野风光。这样的自然已经被深深烙在了我的脑海中，所以看到美国其他地方的自然时，比方说看到山的时候，我就会下意识地琢磨，山的那一头会有什么东西呢？总归是城镇吧。于是就难免会有种被包围的感觉。

但阿拉斯加不是这样的。那边最出名的国家公园莫过于麦金利山国家公园。它十分广阔，刚好在阿拉斯加的正中央，坐落在麦金利山的山脚下。与美国的其他国家公园相比，它当然是很好的，可是以整个阿拉斯加为参照物的话，我们不得不说麦金利山国家公园是最不野生的一个地区。换句话说，公园周围比公园更野生。在美国本土，国家公园才是最野生的地方，公园四周是有人住的，可阿拉斯加正好反过来了。从某种角度看，国家公园才是最有人气的地方，周围的原野反而更野生呢。

所以来阿拉斯加旅游，跟去其他地方有一点不一样。无法轻易涉足的世界在阿拉斯加实在太多了，所以国家公园原则上是"游客能去到的范围"的意思。

东京有一个叫"阿拉斯加旅游局"的机构，他们正在设法吸引更多的日本游客去阿拉斯加旅游，可是正如我刚才所说，那边的自然并不适合观光旅游啊。旅游局的人也咨询过我："为什么日本的女白领都爱往加拿大跑，就是不来阿拉斯加呢？"他还说，是不是因为车站门口贴了加拿大的旅游海报，把女白领都吸引过去了。海报上有豪华的酒店，有湖光山色。末了他还说，为什么我们就拍不出这样的照片呢？听到这话，我便对他说，这样的照片在阿拉斯加也是能拍出来的呀。阿拉斯加也有绝美的自然，也有壮丽的高山。但另一项重要的元素不是豪华的酒店，而是帐篷。不过这也恰恰说明，阿拉斯加很难走传统旅游胜地的路线。但反过来看，这也是阿拉斯加的过人之处，如果可能的话，我倒希望它能永远保持现状呢。

顺便跟大家说一下，麦金利山国家公园的观光范围也在逐渐扩大。很多游客大概会选择夏天来阿拉斯加，不过我要提醒大家，企图一次性看遍各种景点的走马观花式玩法是最要不得的，绝对吃力不讨好。如果你总共就一星期、十来天的时间，却想去好多地方，看各种东西，那你一定会玩得筋疲力尽。因为阿拉斯加很大啊，光赶路都能累死人。如果只有十来天的话，还是待在一个地方慢慢感受自然为好，别到处乱跑了。

还有，年轻人绝对应该扛着帐篷来。因为那片土地真的蕴藏着旅行的无限可能性。如果是举家出游，那就千万不要住酒店，租辆房车是最好的了，营地到处都有。我一直觉得，没有比来了阿拉斯加却在酒店过夜更煞风景的事情了，还是那样的旅行更好些。

阿拉斯加是个很"新"的州，很少有四十岁以上的人是出生在"阿拉斯加州"的。当然，早在它成为美国的一个州之前，印第安人和爱斯基摩人就已经生活在那里了，不过从美国本土过去的人都是去找寻某种东西的。我感觉是在美国本土没有斩获的人，为了寻求某种不同的东西才去了新天地。

曾有一位老者断言，来阿拉斯加的人不外乎两种，一种是最好的，一种是最坏的。最好的人，是来这边寻求不同于本土的自然与生活。而最坏的人，是在美国本土犯了事的流亡者。好比前些年，我就见过一个号称被阿尔·卡彭[14]追杀过的老爷爷，现在可能已经去世了吧。总而言之，大家都是带着某种追求来阿拉斯加的。

我周围有好几个从纽约搬来的人，跟他们聊过以后，我发现他们并不是因为讨厌纽约才来的阿拉斯加。当然，这种人大概也不在少数吧。但我的朋友们大多是既喜欢纽约，又喜欢阿拉斯加。他们说，无论是住在阿拉斯加的人，还是住在纽约的人，都在拼命活着，这是多么美好啊。什么意思呢？纽约的人要在大都会这样一个世界里面临种种逆境，包括犯罪什么的，竭尽全力活着。朋友们认为，这也是纽约的有趣之处。那么阿拉斯加呢？住在阿拉斯加的人也要在严苛的自然环境中拼命活下去。他们常说，两个地方在这方面有着异曲同工之妙。

　　我们很难用一句话概括"阿拉斯加人"。因为那里住着形形色色的人啊。不过自我介绍的时候就有点麻烦了。如今在美国，交换名片已经挺普及的了。这种文化不再是日本的专利，已然推广到了美国全境。可是在阿拉斯加……打个比方啊，当我要把自己的一个朋友介绍给另一个日本朋友的时候，要是日本朋友问我："这位是做什么工作的呀？"我都不知道该怎么回答。因为解释起来太花时间了。怎么会花时间呢？因为我得这么解释："他在秋天干这个，到了冬天干那个，到了夏天做这个工作……"如果在城市生活，只要接过对方的名片看一看，就能判断人家在什么公司做什么工作了，根本不用费那么大劲。但我觉得东京肯定也是一样的，住着价值观各异的人，仔细观察一下，你就能发现更多的多样性。只是在阿拉斯加，这个标准会变得非常单纯。从这个角度看，那片土地对我来说是非常宜居的，一想到有形形色色的人生活在那里，我就会格外安心。

介绍阿拉斯加的时候，对着地图介绍和对着地球仪介绍还是有很大差别的。看着地球仪，你就会觉得原来阿拉斯加真的离美国本土很远啊。第一次从阿拉斯加去纽约的时候，我还以为阿拉斯加毕竟是美国的一个州，大家肯定都是很熟悉的，没想到他们对阿拉斯加竟然一无所知，跟日本人半斤八两。阿拉斯加明明也是美国的一部分，他们却一点都不了解。尤其是东海岸，因为那边素来保守，在东海岸人眼里，阿拉斯加是个新州，所以他们不太把阿拉斯加当美国的一个州看的。换句话说，他们对阿拉斯加的印象就是"天涯海角"。

可是住在阿拉斯加的人不这么想啊，所以他们管美国本土叫"Lower Forty-Eight"，也就是"下面的四十八州"。我还以为这是全国通用的叫法，在波士顿、纽约和其他地方聊起阿拉斯加的时候，我也用了这个词，没想到大伙儿一听就笑了。我不知道他们为什么要笑，后来才搞清楚，原来"Lower Forty-Eight"是阿拉斯加居民专用的说法，带着点乡土自豪感，但是美国本土居民根本不把阿拉斯加放在眼里，所以听到这个说法会觉得格外滑稽。这件事让我大吃了一惊，没想到阿拉斯加和美国本土的意识会差那么多。

第七章　来自空无一人的森林　　　　　　253

去纽约的时候，我住的是在阿拉斯加认识的朋友的奶奶家。曼哈顿的公寓楼都有门童，不是人人都能随便进去的。只有先跟门童打过招呼，客人才能进出公寓。话说我每次回去，那栋公寓的门童都要抓着我，让我讲些阿拉斯加的事情给他听。也不知怎么的，他一见到我就会特别激动。这到底是为什么呢？我想了想，说到底还是因为阿拉斯加对他来说很遥远，而我又是从那边过来的日本人，搞不好他把我错当成了爱斯基摩人呢。门童的反应也让我切身体会到，对寻常的美国人而言，阿拉斯加就是这样一个遥远的地方。不过看他那样子，他对阿拉斯加的印象应该不差，反而有点向往呢。

那就再跟大家聊聊阿拉斯加的四季吧。

常有想去阿拉斯加旅游的朋友咨询我，哪个季节去最合适。每个季节都有各不相同的美，所以接下来我会在此基础上讲讲那边的四季之美，还有当地人的生活什么的。

　　每年四月到五月，"育空河解冻"的新闻一见报，我便会感叹："阿拉斯加的春天终于来了！"对阿拉斯加人而言，育空河的冰融化的那一瞬间，就是春天来临的象征啊。我曾亲眼见过解冻的刹那。那天我听说河就快开了，便在育空河边守了一整天。开河的瞬间来得特别突然，只听见砰的一声巨响，原本平静的河一下子流动起来，冰面裂成了无数片。那光景真是太壮观了，冰冻了整整半年的河流终于按捺不住，在刹那间奔流起来。那一幕真是太感人了。

　　到了那个时节，日照时间会以每天七、八分钟的速度变长。每天增加七八分钟，一星期下来就是长了大约一小时，这可不得了啊。直到白夜笼罩的六月前后，也就是夏至那会儿，日照时间都是只增不减的。

　　每年五月中旬，我都会去北极圈拍摄驯鹿的季节性迁徙。那是冰雪迅速消融的时节，驯鹿会为了生崽一路北上。放眼整个地球，会进行如此大规模的迁徙的动物也就只有非洲的角马和驯鹿了吧。可即便是住在阿拉斯加的人，见过驯鹿大迁徙的也是寥寥无几。也就爱斯基摩人跟印第安人能偶尔碰到一回。当数十万驯鹿从自己眼前走过时，当你亲眼看到几乎没人见过的自然的深远时，你必然会产生万千的思绪。

比方说，许许多多的自然现象会走向消亡，变成传说，对不对？如果水牛从美国的平原绝迹了，它们就只能以"知识"的形式被流传下去了。眼看着各种各样的东西变成传说，我心中总有一份懊恼。我会不由得想，我就不能早出生几年吗？比如，我要是早出生一百年，就能看到印第安人和爱斯基摩人更古老的生活了啊。不过转念一想，我眼前不是还有驯鹿吗？庞大的鹿群正在空无一人的原野、无人知晓的世界旅行。在我的有生之年，还能体验到有驯鹿活着的世界。再过个一百年，这个世界说不定也会变成传说，但它此时此刻还处于现在进行时，这总归是一件让人欣喜的事情。与此同时，我也深刻意识到，自己必须好好把它记录下来。

拍驯鹿的时候，我要在野外搭一个大本营，基本上一住就是三星期到一个月。那是个完全没人的世界，所以在此期间，我是一个人都见不到的。要去北极圈，只能请无人区飞行员开装了滑雪板的赛斯纳飞机送你去。那个世界实在太辽阔了，靠一己之力四处走是不现实的。唯一的办法就是搭好大本营，一门心思等驯鹿大军过来。至于驯鹿会不会来，那就全看运气了，要来的自然会来，不来的话怎么等都等不到。谁都无法预测驯鹿会走怎样的路线迁徙，所以印第安人有一句老话，叫"谁都不知道风和驯鹿的去向"。

一旦走下飞机，就得一个人守好几个星期。我不是只有拍驯鹿的时候才这样，拍其他动物的时

候，我也一定会这么做。因为人要是动了，动物就
会逃跑啊。好比我要是在山里撞见了熊，也不会太
害怕，因为熊一见到我就会立刻逃走。在阿拉斯加，
最可怕的反而是国家公园里的熊。换句话说，最可
怕的熊是见惯了人的熊。在阿拉斯加旅行的话，无
论走到哪儿，都会见到熊的，但是遇见熊的时候，
有两种态度是万万不可取的。一种是太害怕，另一
种则是完全不在乎。这两种态度都不太合适。心里
还是得稍微提防着点，但是太害怕也不行。在阿拉
斯加露营时，我总是惦记着熊，不过我觉得从某种
角度看，这也是个奢侈的烦恼。在山里露营，隐约
感觉到熊的存在，心情有些紧张……这样的经验是
难能可贵的。要是阿拉斯加完全没有熊，露营时就
能放心睡大觉了，可这样多无聊啊。在我看来，在
心里的某个角落时刻怀着对自然的紧张感是很重
要的。

　　熊结束长达半年的冬眠，钻出雪洞的瞬间，也

跟育空河解冻一样，能让人感觉到春天的气息。

从这个角度看，夏天的露营和冬天的露营有一个决定性的区别，那就是熊。冬天露营的确很冷，但熊都在冬眠啊，所以人的心情还是比较放松的，即便把帐篷搭在零下四十度的地方，也不用提心吊胆。反之，夏天的天气再舒服，你总归会有"外头有熊"的意识。所以到了四月，你就会想到，熊差不多该出洞了。这么看来，熊结束冬眠也算是一个报春的信号。我还在北极圈的爱斯基摩村附近蹲守过出洞的熊。那次是一位爱斯基摩朋友的孩子说，他知道熊的洞在哪儿，还说熊应该快出来了，于是我就跟朋友一起去看了。起初我还挺期待的，可是一天过去了，两天过去了，愣是一点动静都没有啊。到了第三天，因为那天天气很好，我俩一不小心在雪地上睡着了。过了一个多小时，我忽然睁眼一看，只见雪原上出现了两团小黑影。我吓了一跳，连忙把朋友叫醒，拍到了照片。

过了忙碌的夏天，迎来了秋天，日照时间便会逐渐缩短，冬天的脚步也慢慢临近了。到了那个季节，熊会去河边抓大马哈鱼吃。产完卵，最后游上来的那批鱼都精疲力竭了，但熊会一路抓到进入冬眠的十分钟前，卡着点冲进洞穴呢。在这个时期，阿拉斯加真的有好多好多大马哈鱼，你会切身感觉到阿拉斯加拥有丰饶的大自然，而大马哈鱼就是一个重要的组成部分。这个时候洄游的大马哈鱼有五种，分别是大鳞大马哈鱼、红大马哈鱼、银大马哈鱼、粉红大马哈鱼和马苏大马哈鱼。鱼真是要多少有多少，而且美国人不吃鱼子的，有时候我甚至能搬一整桶回家呢。

大概有很多人潜意识里觉得阿拉斯加是个没有色彩的世界，其实那边的每个季节都是多姿多彩的，秋天的红叶尤其壮丽。

从八月的后半个月到九月，阿拉斯加全境的苔原都会变色。苔原上长着形形色色的植物，变色的时期、变的颜色也是各不相同，放眼望去仿佛是一片马赛克。而且蓝莓、蔓越莓等树果也是在同一时期成熟的。弯下腰，伸手随便一抓，就能摘到足够你吃到饱的蓝莓。那真是一个无比丰饶的季节。阿拉斯加不产水果，所以大家格外珍惜这些树果呢。到了这个季节，走进镇上的超市一看，你就会发现货架上摆满了空果酱瓶，是一打一打卖的。做够一整年吃的果酱，是阿拉斯加居民的一大乐事。露营的时候，早上起来做个蓝莓松饼也是每天最期待的事情。

再跟大家讲一讲阿拉斯加东南部吧。移居阿拉斯加的头十年，我净拍北极圈了，但是这几年里，阿拉斯加东南部深深吸引了我。那边的雨水非常充沛，年降水量比亚马孙还多，所以形成了非常茂密的森林。

刚才我也讲到了去阿拉斯加旅游的事情，等大家积累了一些旅游经验，能留出比较富余的时间慢慢游览阿拉斯加了，不妨试一试我下面介绍的好方法，从事观光工作的人都不一定了解呢。

阿拉斯加有个叫"森林局"的部门，很多森林里的小木屋是归他们管的。只要你预订了其中的一间，其他人就进不去了。因为这些小木屋都造在没有路的地方，只能坐水上飞机去。所以你可以包机住小木屋，这样就能用很低廉的价格搞定全家人的住宿了。小木屋内部的装潢非常简单，得自带睡袋，但是有暖炉，有木头做的床，周围很安静，没人会去打扰。所以你预订一星期的话，在那一个星期里，那个木屋就是只属于你们的东西。你可以自己做做饭什么的。阿拉斯加人都知道森林里有小木屋可以住，但很少有外国人知道，所以大家时间富余的话，订一个住住看应该是很不错的。

我曾经把这个法子推荐给来自日本的朋友一家。他们在小木屋住了一个星期左右。据说那一带有很多熊出没，早上到屋子门口刷牙的时候，还能看到熊妈妈带着小熊走过呢。孩子们都吓了一跳。小木屋的旁边就是河，河的这一头到那一头都是大马哈鱼，是那种最靠边的鱼会被挤上岸的河段。印第安人有一句古话，"是大马哈鱼缔造了森林"，那场面真的会让你感觉到此言不虚。因为在上游产完卵的鱼会死去，再被河水冲回来啊。

　　阿拉斯加东南部有一个印第安部族，叫"海达族"。就是他们缔造了璀璨的图腾柱文化。现如今，他们的生活也在一点点变化，不过我一直想亲眼看看真正的图腾柱。因为人们在神话时代创造的图腾柱已经所剩无几了。为什么呢？因为图腾柱本身是木头，会不断腐朽的。所以在某个时代，博物馆把大多数图腾柱搬出森林，收进屋里，保存了起来。
　　然而海达族曾经居住过的夏洛特皇后群岛在一百多年前经历过一个全村几乎灭绝的时代，因为欧洲人带去了天花。我听说当时的村庄还以废墟的状态留在了岛上，于是去年，我第一次踏上了那座小岛。原来那里还留有真正的图腾柱。在动物和人还不分彼此的时代诞生的图腾柱被留在了那里。博物馆当年也试图回收过那些图腾柱，但海达族拒绝了，希望把它们留在自然中，任它们慢慢腐朽。当然，要是这么做了，它们一定会逐渐风化，但这就是海达族想要的结局。亲自上岛一看，只见硕大的图腾柱倒在地上。那是一个非常不可思议的世界。据说其中还有专为下葬制作的图腾柱呢，要把亡者身体的一部分放在图腾柱下面。

那个地方实在神秘得很，我都难以想象有人在短短的一百多年前活在这样一个世界里。在阿拉斯加，城里也有给游客看的图腾柱，可是森林里的图腾柱让我感觉到了一种截然不同的力量。阿拉斯加东南部的印第安人都很清楚自己家是奉哪种动物为祖先的。只要你问"你是哪个氏族的？"对方就会明确告诉你，"我是熊氏族的"或者"我是渡鸦氏族的"。虽然这种文化也在慢慢变样就是了。森林中的图腾柱已经成了花草的苗床，正在迅速走向腐朽，再过个几十年，就会彻底消失了吧。

如今，把驯鹿的大迁徙记录下来是我在阿拉斯加开展的拍摄工作的一大主题。另一个主题则是阿拉斯加东南部的自然，也就是鲸鱼、冰川和森林的世界。

在思考自己和自然的关系时，我难免会去琢磨，我对自然的兴趣究竟是怎么来的。一路追溯到童年，我觉得有两件事对我产生了很大的影响。

第一件事，是上小学时看的一部电影给我留下了深刻的印象。当时能在我老家看到的电影基本上都是武打片，可是有一天，我碰巧看到了一部叫《蒂科和鲨鱼》的片子。舞台是大溪地，刻画了原住民少年、白人女孩和鲨鱼的故事。原本光看武打片的我冷不防看到了这样一部拍摄自然风光的纪录片，被极大地震撼了。我虽然还小，却不由得想："原来世界是那么广阔啊！"

第二件事发生在我稍微长大一点之后。有一阵子，我对北海道产生了十分强烈的憧憬。在我上高中那会儿，北海道还是个相对比较遥远的世界，所以我成天翻看关于北海道的文献，只盼着有一天能去走走瞧瞧。就在这时，我被熊迷住了。我每天都生活在东京的近郊，时而去学校上课，时而坐电车。但与此同时，棕熊也在北海道的某个地方活着。我觉得这简直是不可思议的。那是我这辈子第一次觉得大自然里的东西很有趣。现在回想起来，让我觉得不可思议的肯定是各种生物共享同一条时间轴这点吧。

话说几年前，我的一位熟人来到阿拉斯加，跟我一起踏上了观鲸之旅。一天，我们遇到了一头座头鲸。只见鲸鱼突然在小船前面高高跳起，来了个

266

大大的鲸跃，然后便掉回海里，若无其事地继续游了起来。如此震撼的一幕就是在我们眼前上演的。那位朋友回国后给我寄了一封信，说这次阿拉斯加之行真是没白去。他在信里写道："当我在东京忙得团团转时，我会突然想起那个瞬间。"怎么说呢，我特别能理解他的感受。仔细想想，各种生物共享同一条时间轴这着实不可思议得很，要是一个人能时刻保持这样的心境，那他的心一定会非常充实吧。我就是这么觉得的。

从这个角度看，我觉得我们身边其实有两种宝贵的自然。一种是大家身边的自然。好比自家附近的森林、河流、花花草草什么的，紧贴我们的生活，每天都能看到。另一种则是遥远的自然，我觉得这种自然也是很要紧的。也许你去不了那里，但它只要还留存在某个地方，你就会觉得很安心。比如驯鹿的大迁徙，就只能在人迹罕至的地方看到，可是能想象出在那里上演了那样的自然现象，就是一件非常美好的事情啊。又比如狼，阿拉斯加还有很多狼，可即便狼都消失了，我们的日常生活也不会有丝毫的改变。只有一点会彻底不同于以往，那就是狼一旦消失，我们就再也无法围绕狼张开想象的翅膀了。我觉得这是个很大的区别。从这个角度看，我觉得珍惜自然有着和珍惜时间同等强大的力量。

第八章

两种时间，两种自然

1996年1月28日，星野道夫来到YMCA四条中心，为京都东山山麓法然院举办的摄影展「阿拉斯加」发表演讲。

今年是我移居阿拉斯加的第十八个年头。起初，我是想住个五年就回国的，没想到一住就是十八年。

大家对阿拉斯加大概只有一个模模糊糊的概念吧，其实美国本土的人也是一样的。对他们而言，阿拉斯加也是个非常遥远的地方，那种距离感跟日本人的感受差不多。

所以他们经常问我："你为什么要住在那么远、那么冷的地方啊？"还有人问得更直接："那边的日子一定很苦吧？"我不知道该怎么回答才好，只能随口应一句："是挺苦的……"其实阿拉斯加的生活是苦中有乐的。

比方说，我经常在文章里提到在严苛的大自然中生存的爱斯基摩人，可是回过头来想想，如今即便是爱斯基摩人，生活在严苛自然中的人也没几个了。所以我觉得外人看到的东西和当地人的实际感受还是很不一样的。

上星期，我去了趟北海道，跟纹别的朋友们聊了聊。

大家问了很多关于阿拉斯加的问题，不过有一个问题出现的频率很高，那就是"爱斯基摩人平时都吃什么"。

我一直觉得"吃"是一件很要紧的事情。在我看来，在和其他民族打交道的过程中，能觉得对方爱吃的美食是好吃的是非常重要的。好比看到美国人吃刺身寿司吃得津津有味，你身为日本人肯定会很高兴的，对吧？对食物的态度是个非常敏感的东西。反之，看到美国人不肯吃生鱼，作为一个日本人，你心里总归是有点难受的，甚至会有些无法接受。喜欢的音乐或者电影不一样，你不会觉得有什么大不了的，可是人家不肯吃你觉得好吃的东西，就太煎熬了。

在阿拉斯加跟爱斯基摩人待在一起的时候，他们会给我吃各种各样的东西呢。

对爱斯基摩人来说，最重要的一种食物莫过于海豹油。海豹油在他们的饮食生活中是不可或缺的元素，酱油对日本人有多重要，海豹油对他们就有多重要。在和他们一起旅行的过程中，不管我吃不吃海豹油，他们都不会说什么。但他们会一直盯着我看，看到我吃了，便会露出十分开心的表情。

每次聊起阿拉斯加，我都要纠结半天，不知道该从哪里说起。这次就先从大小讲起吧。阿拉斯加大概有四个日本那么大。

但那边的人口非常少。很久以前，我的朋友算了一下，如果东京的人口密度跟阿拉斯加一样，那就意味着整个东京都只有九十五个人住着。

阿拉斯加是一片几乎没有马路的土地，所以很多地方只能坐飞机去。假设你要去一个陌生的地方，地图上的确印着黑点，旁边也写着地名，可是跑过去一看，那地方说不定只住着四户人家。

　　所以按平时的距离感看那边的地图是很容易闹笑话的，不过我之所以为阿拉斯加倾倒，也许正是因为这一份莫名其妙的广阔。我们平时能看到的某些地方的广阔是有意义的，它可能是公园，可能是其他设施。但是坐在飞机上俯瞰阿拉斯加的大地，映入眼帘的竟是莫名其妙的广阔自然，无边无垠。那种感觉让我心醉神迷。

　　美国有很多自然公园，好比大峡谷、黄石什么的。但我要是去了大峡谷，就一定会下意识地琢磨："地平线的那一头都有些什么呢？"答案十有八九是城镇。可阿拉斯加不一样，地平线后面是新的地平线，我在这一点中读出了阿拉斯加拥有的无限可能。我并不是说狭小的自然就是不好的，广阔的自然就一定是好的，但我还是觉得，广阔正是阿拉斯加所拥有的强劲力量。

比方说，在讲解阿拉斯加的自然有什么特征时，我总会提到德纳里国家公园。

德纳里国家公园坐落于北美最高峰麦金利山脚下，以前叫"麦金利山国家公园"。找遍全美，大概也找不到比它更有野性的国家公园了。园区里只有一条路，除此之外便是冰川覆盖的高山与原野，广阔得一塌糊涂。

可要是以阿拉斯加全境为参照物，德纳里国家公园反而是人气最旺的地区呢。

美国本土的国家公园，好比黄石公园，是周围住着很多很多人，园区的自然被人的生活包围了。但阿拉斯加的情况刚好相反，德纳里国家公园是人气最旺的地方，公园周围反而野生得多。阿拉斯加就是这样一片建立在悖论上的土地。

最近去阿拉斯加旅游的日本人是越来越多了，

但去得最多的还是德国人和瑞士人。为什么德国人跟瑞士人喜欢往阿拉斯加跑呢？关键还是我刚才提到过的"广阔得莫名其妙的自然"，他们可能也想让自己置身于这样的自然，放飞思绪吧。

话说几年前，我第一次去北海道的札幌办摄影展的时候，也有好多老人家来看展呢。跟一位来宾聊天时，我感觉他透过阿拉斯加看到了曾经的北海道，深深地觉得一百多年前的北海道和阿拉斯加果然是有共通之处的。

说起阿拉斯加的四季，大家可能觉得那边只有冬天吧，其实不然。阿拉斯加的四季更迭是非常明快的。住在阿拉斯加的人一年到头都惦记着太阳呢。

越是往极地走，这个倾向越明显。在我居住的费尔班克斯，这个季节的太阳要十点多才会稍微升起来一会儿，不到下午两点就沉下去了。而且太阳只会探出地平线露个脸，朝阳刚出来就变成了夕阳。去年年底回日本的时候，阿拉斯加的气温大概是零下四十五度，冬天还是非常冷的，但最冷的时候还在后头，气温有时能跌到零下六十度左右呢。

但是此时此刻，阿拉斯加的居民已经感觉到了春天的气息。因为冬至已经过了。对阿拉斯加人来说，冬至是心境的一大分水岭。

为什么呢？因为冬至一过，日照时间就会逐渐变长。在我居住的费尔班克斯，太阳好歹会稍微出来一下，这已经算好的了。住得更靠北的印第安人和爱斯基摩人每年都要过好几个星期完全不出太阳的日子。

另一个重要的日子是夏至。夏至前后是白夜的季节，所以太阳几乎不会落山呢。

提起夏至，我总会想起一件往事。话说很多年前，韩国的棒球国奥队来了一趟费尔班克斯。因为费尔班克斯的社会人棒球队是在全美排得上号的强队，所以安排他们跟韩国国奥队打了一场比赛。

比赛的日子刚好定在了夏至那天。阿拉斯加有条规矩，如果在夏至那天打棒球比赛，天色再暗，也不能打开球场的灯。照理说，夏至那天是很亮的，即便过了晚上七点，不开灯也完全不会影响比赛。谁知那天刚开打的时候，天色已经挺暗了。

随着比赛的推进，大家连投手扔出来的球都看不太清楚了。于是韩国队就抗议了："这支队伍要参加奥运会的，不能有闪失，请你们把球场的灯打开！"但主队回答："这是夏至的规矩，说什么都不能开。"双方争执了好几个来回。最后，韩国队气得罢赛了。

当时我也在球场，可观众们愣是没有一个发牢骚的。这件事让我深深体会到，对他们来说，夏至就是一个如此重要的节日。

怎么说呢，阿拉斯加人时刻惦记着太阳，惦记着太阳每天在天上画出了多大的弧线。

现在冬至已经过了，所以日照时间是一天比一天长的。在天气预报的最后，主播一定会提一嘴："今天的日照时间比昨天长了五分钟。"每天都是这么一句，可大家就爱听这句话，足见人们是多么期盼春天的到来。

住在日本的人应该不太会把太阳放在心上的，但是住在阿拉斯加的话，太阳就很宝贵了，尤其是在冬天，你会有更深刻的体会。

我已经在阿拉斯加住了十八年，但刚搬过去的时候，我是只想住五年的。我本打算利用五年的时间在当地拍拍照片，然后换一个主题，去另一个国家接着拍。没想到这一待就是十八个年头。

阿拉斯加为什么会让我如此着迷？我觉得最关键的原因还是在于那里有人的生活。如果阿拉斯加只有绝美的自然，我应该不会待那么久。那里有爱斯基摩人和印第安人等原住民的生活，也有白人的生活，我就是在和形形色色的人邂逅的过程中深深迷上了阿拉斯加呢。

置身于阿拉斯加时，我心里总有这样一个念头："要是我能在几百年前过来就好了！"比方说，我要是能早来个一百年，就能看到与自然更加紧密相连的生活了啊。这么看来，只要往前推个两、三代人，展现在我们眼前的阿拉斯加的生活就是带有某种神话色彩的了。去阿拉斯加之前，我对人类拥有的历史是没什么兴趣的，可是搬过去以后，我便对历史产生了许多共鸣。

白令海峡总能勾起我的无限遐想。曾几何时，白令海峡并不是海。欧亚大陆和北美大陆原本是连着的，爱斯基摩人和印第安人就是从欧亚大陆来到阿拉斯加的。

我在那边经常被错认成爱斯基摩人或者印第安人，连住在阿拉斯加的日本人都会搞错呢。貌似是因为我的脸型有点圆，看起来特别像原住民吧。

十九岁那年第一次去阿拉斯加的时候，爱斯基摩人都管我叫"爱斯基摩男孩"呢。无论我去到哪个村子，村里人都是张口就问："你是哪个村子来的呀？"话说第一次去某个印第安村庄的时候，有一家人说好要来飞机场接我。对他们来说，有飞机来是一件大事，所以这种时候大家都会跑去飞机场的。我走下飞机，忙着收拾行李，可是收拾完以后抬头一看，人居然走光了。我实在没办法，只能自己找过去。结果人家对我说："我们在机场等了好久，可就是没看到日本人下飞机啊！"

类似的事情我不知道碰到过多少次了。还有一次，我坐在火车上，身后坐着两个爱斯基摩孩子。车开到半路，上来了一个背着登山包的日本孩子。眼看着他在往我这边走，我心想："啊，别过来啊……"只见他从我身旁走过，对我身后的爱斯基摩人问道："你们是日本人吗？"

这样的事情经历得多了，我便产生了这样一种意识："我果然跟他们一样，同属蒙古人种啊。"

我的孩子刚出生的时候，屁股上有青青的蒙古斑。爱斯基摩人和印第安人也是带着蒙古斑呱呱坠地的。考虑到这些，我觉得我们果然是同宗同源的。所以即便生活在阿拉斯加，我还是觉得自己跟爱斯基摩人、印第安人的距离要比自己跟白人的距离更近一些。

相似的不仅仅是外表，还有害羞的表现方式呢。

日本的孩子不是会在家里来客人的时候躲在柱子后面偷看的嘛，爱斯基摩人的孩子好像也是这么害羞的。虽然这只是生活中的小细节，但我每每见到这样的光景都会觉得很安心。

言归正传吧，像这样思考阿拉斯加的过去时，我心里总是有一条主轴的，那就是白令海峡。白令海峡还有陆地相连的时代究竟是什么时候呢？就算知道"一万八千年前"这个数字，也无法在感官层面确切地把握这个概念。但我们可以在追溯人类的历史时以"人的一辈子"为单位，一代一代往上推，这样你就会发现，一万八千年也不是那么遥远。

以日本为例，我们总感觉绳文时代离自己很远，但是把我的祖先一个个摆出来，排成一列，我便会觉得绳文时代的祖先大概也长得跟我差不多吧。而身在阿拉斯加的时候，我总能切身体会到我和先祖一路走来的历史离得多近。

尤其是几年前去白令海拍海象的时候，我格外强烈地感受到了这一点。

我本打算和爱斯基摩人一起去打海象，谁知天气太糟糕，等了一个多月也不见风向好转，浮冰挤得紧紧的，没法出海打猎。到了五月，浮冰倒是化了，却错过了最佳的时机，以至于那年几乎没打到几头海象。

就在我寻思那家人准备怎么办的时候，他们表示："去西伯利亚打吧。"我一开始还以为他们是说着玩的，可当家的爸爸真的每天早上都盯着西伯利亚那边看。他是在看海面是不是风平浪静。过了十多天，他真的决定穿过白令海去西伯利亚了。当然，擅自穿越国境线是违反国际法的，但他问我："要不你也一起来吧？"我就答应了。

那天早上，我们坐上小船，离开了圣劳伦斯岛（St. Lawrence Island）。这是一座很小的岛，所以当它从视野中消失的时候，我们已经置身于白令海的正当中了。船开着开着，海上一点点起雾了，能见度越来越糟。又过了三四个小时，天气也变差了。我心想，情况好像不妙啊，着实有些担心。可就在这时，雾突然散了，西伯利亚的群山出现在水平线的那一头。当时我冒出的第一个念头就是："原来西伯利亚离得那么近啊！"我被震撼得说不出话来，怎么说呢，那是我第一次真真切切地感觉到白令陆桥的存在，第一次切身感觉到欧亚大陆和北美原本是连着的。

为什么呢？因为那片海特别浅。在白令海峡最窄的地方，平均水深只有六十米左右。在冰河时代，地球上有大量的水凝固成了冰，海平面下降了一百多米。如此想来，白令海曾有过草原这件事就不再是历史上的手记了，我们真的能亲身感受到这一点。

我刚才也说了，无论是日本人还是美国人，都觉得阿拉斯加是个很遥远的地方。我觉得这个"远"一定是心理层面的远。毕竟从距离上看，明明是离得很近的。所以我想利用今天的机会跟大家聊一聊，为什么会有人住在阿拉斯加。

为了讲清楚这个问题，我想给大家讲两个故事。故事的主人公都是我的朋友，一个是日本人，另一个是美国人。

我的日本朋友在五六年前来了一趟阿拉斯加。

他去的是阿拉斯加东南部。我们坐着小船，一起踏上了观鲸之旅。那是个被森林与冰川环绕的世界，有许许多多的小岛，每年都有座头鲸光顾。我在那一带旅行了一个月左右，那位朋友待了大概一个星期吧。

他平时在东京工作，总是忙得不可开交。毕竟他只有一个星期的时间，我起初还挺担心他能不能看到鲸鱼呢。没想到在旅途中的某一天，我们遇到了座头鲸，跟它结伴走了一段路。它一直游在我们前面，我们慢悠悠地跟在后面。

游着游着，鲸鱼突然跳到了半空中。这种现象叫"鲸跃"。那个鲸跃格外壮观。事情来得太突然，我没来得及拍照。鲸鱼落水以后便重新悠游起来，仿佛什么都没有发生过。

这一幕貌似给朋友留下了深刻的印象。回国后，他给我寄了一封信，上面写着"这次阿拉斯加之行真是没白去"。他还说："在东京忙碌度日时，我会时不时回想起那个瞬间。就在我忙得团团转的时候，我会突然想到，'也许此时此刻，在阿拉斯加正有鲸鱼跃出水面'。"

我特别能理解他的感受。因为我第一次对自然产生兴趣的时候，也有同样的心境。

上高中的时候，我有一阵子特别向往北海道，总想着有朝一日要去那边走走看看。对当时的我来说，北海道是个很遥远的地方。那我为什么会对北海道感兴趣呢？因为在和北海道有关的书籍里经常出现的熊，总在我的脑海中挥之不去。在东京坐电车的时候，走在街头巷尾的时候，我的思绪都会飘向北海道。一想到此时此刻，有熊行走在北海道的原野上，我都会觉得特别神奇。其实仔细想想，这是再理所当然不过的事情，可就在我演讲的这一刻，也许在北海道的某个角落有熊正在爬山，这简直太不可思议了。

当年我没法用语言把自己的感受描述出来，不过现在回想起来，让我觉得不可思议的应该是万物共享同一条时间轴这件事吧。

看完朋友的信，我还产生了另一种感触，那就是我们的生命中有两种时间。一种是每天被各种东西追着跑的时间。另一种时间则是自然。也许朋友就是为了确认另一种时间才来的阿拉斯加。而且我也觉得，那是非常重要的。

再和大家分享一个美国朋友的故事吧。

正如我刚才所说，对住在美国本土的人来说，阿拉斯加也是非常遥远的。住在东海岸的纽约、波士顿等地的人就更不用说了，阿拉斯加在他们眼里无异于天涯海角。

有趣的是，阿拉斯加人管美国本土叫"Lower Forty-Eight"，意思是"下面的四十八个州"。我也用惯了这个说法，第一次去波士顿的时候，"Lower Forty-Eight"脱口而出，引得在场的人一阵窃笑。我就不明白了，有什么好笑的啊？后来才知道，波士顿是历史名城，所以在他们看来，阿拉斯加就是穷乡僻壤。阿拉斯加都并入美国那么多年了，可波士顿人还是只把它当"新来"的。但"Lower Forty-Eight"这个说法又带着几分乡土自豪感,所以波士顿人听起来觉得滑稽得要命。

我要跟大家分享的故事的主人公就是来自东海岸的一家人,所以我才铺垫了那么多。很久以前,有人约我写一篇文章,主题是"人为什么要来阿拉斯加"。我立刻想到了这家人的经历。

他们跟我一样,也是在1978年移居阿拉斯加的。

我在德纳里国家公园碰巧结识了那家人的儿子,一来二去就混熟了。他是阿拉斯加大学的学生,我刚好也是在那一年入学的,自然而然就成了好朋友。日子久了,我跟他的家人也走得越来越近,但我完全不了解他家的历史,一直在琢磨他们为什么要举家从东海岸的马萨诸塞州搬过来。

两年后的某一天,朋友把他全家移居的始末告诉了我。他们家一共有五个孩子,但原来还有个女儿。不幸的是,这个女儿被她的朋友害死了。那真是一场悲剧。事发两个月后，朋友的妈妈开车带着孩子们从马萨诸塞州去阿拉斯加兜风。我就是在那一年认识他们的，但当时我并不了解这些内情。马萨诸塞州跟阿拉斯加离得非常远啊。为什么妈妈要带着孩子们一路开去阿拉斯加呢？据说她本想在那边住上一个冬天，然后就回马萨诸塞州去的。没想到一住就是十多年。

正因为朋友跟我讲述了这段往事，所以在思考"人为什么要来阿拉斯加"的时候，我立刻想到了这家人的母亲，想写一写她的故事。

如果没有经历丧女之痛，一直住在马萨诸塞州，她应该会是个寻常的保守家庭的母亲吧。他们经常在我拍完照回来的时候招呼我去家里吃晚饭，而这位妈妈总会非常认真地听我讲述旅途的见闻，别提有多专注了。不久后，她就靠自己的双脚走进了阿拉斯加的自然。北极圈的驯鹿是她格外喜爱的话题，所以她后来在孩子的帮助下，去到了平时不会有人去的原野，扎营野外观察驯鹿大迁徙什么的，开始亲身实践这样的旅行了。

这回轮到我听她讲述见闻了。渐渐地，我对她越来越了解，便想写写她的故事。写之前肯定要先征得人家的许可，于是我便问："我可以围绕'人为什么要来阿拉斯加'这个主题写一篇关于你的文章吗？"她同意了，后来我也把日语写的文章如实翻译成英语讲给她听了。动笔前，我就下了不采访她的决心。文章里提到了她女儿遇害的事情，她还挺惊讶的，没想到我会知道那些事。因为她从没在我面前提过。她的名字叫帕特。也就是说，文章里写的她来阿拉斯加的理由都是我自己想象出来的。

在写这篇文章的时候，我意识到她是想从阿拉斯加汲取力量。

我也是在挚友遭遇山难去世时萌生出了移居阿拉斯加的念头，跟那位母亲有点同病相怜的味道。所以我能感觉到，唯有阿拉斯加的自然才能治愈她。

那边的自然是如此恢宏，能彻底震撼人类的渺小。你喜不喜欢阿拉斯加的自然并不重要，关键在于那片土地能让你感受到更恢宏的自然与生命。那家人原本只打算待一个冬天，结果一住就是十多年。在此期间，妈妈汲取了力量，孩子们也振作了精神。我觉得自然就有如此强大的力量。

如今，孩子们都长大了，各奔东西。妈妈也在几年前离开了阿拉斯加，此刻她应该还在旅途中，正在寻找下一个定居之地吧。

刚才我提到了两种时间，其实自然也有两种。

我在千叶县的市川出生长大。市川只留着一片巴掌大的小森林，叫"大町自然公园"。每次从阿拉斯加回到市川，公园里还留有自然这点总会让我倍感安心。论规模，它当然没法跟阿拉斯加比，但是自己的生活圈里有一片小森林总是能带来些许安全感的。我想表达的意思是，对人类来说不可或缺的自然其实有两种。一种是身边的自然。来到京都之后，我也感受到了不少身边的自然，好比北山。我觉得身边留有这样的自然真的很美好。

那另一种自然是什么呢？我觉得是遥远的自然。每次想到阿拉斯加的自然，我都会细细思索遥远的自然是怎么回事。

阿拉斯加基本上除了原野就是原野，人是很难深入的。驯鹿的季节性迁徙是我的头号摄影主题，数以万计的驯鹿每年都要在阿拉斯加的北极圈长途跋涉，可即便是在阿拉斯加，百分之九十九的居民一辈子都没见过大迁徙。我也不是每次都能守到它们的，见到的次数屈指可数。

在阿拉斯加旅行的时候，我总是不由得想："要是我能早出生个一百年，那该有多好啊！"当我第一次见到驯鹿的大迁徙时，一股强烈的情感涌上心头，那就是"我赶上了"。同样的岁月流淌了一千年，两千年……直到今天，驯鹿依然重复着它们的旅程，我只觉得这实在是太不可思议了。

是推进油田的开发，还是保护自然，成了眼下北极圈面临的头号难题。人们已经围绕这个问题争论了二十多年。

阿拉斯加州州长在几年前说过的一句话让我久久无法忘怀。"保护北极圈有什么用？那种地方没人去得了，驯鹿的大迁徙也没人能看得到，那些东西根本无关紧要，还是应该开发油田，造福人民啊。"州长的观点我不是不能理解，但是人去不了的自然就可以不保护了吗？我觉得话好像不能这么说。

诚然，即便人们在北极圈大举开发油田，以至于狼和鹿群销声匿迹，我们的生活也基本不会有什么变化。但是在这个过程中，我们肯定失去了某种东西。

失去了什么？失去了想象的可能性。如果狼真的消失了，我们就无法想象狼了。可是只要狼和驯鹿还在那里，就算我们无法亲眼看到，它们也能带来意识和想象力层面的充实。从这个角度看，我觉得遥远的自然对人类的重要性绝不亚于身边的自然。是开发油田，还是保护自然，这的确很难抉择。保护自然说起来简单，实际做起来还是有很多问题的。

好比在非洲的塞伦盖蒂之类的地方，一头狮子被一群游客包围的场面屡见不鲜。拿这样的光景跟阿拉斯加的自然相比，我总会不由得想："那些狮子肯定能活下去的……"

我说的可能有点极端，但是有游客造访肯尼亚和塞伦盖蒂，就为当地带来了收入。可是在阿拉斯加，人是不太会往北极圈去的。这种不来钱的自然一旦遭遇艰巨的挑战，就会被轻易颠覆。我觉得阿拉斯加的野生就有如此脆弱的一面。

顺着这个思路思考阿拉斯加的自然，我便觉得那里今后大概会一点点改变的吧。而当地人的生活，尤其是爱斯基摩人和印第安人的生活也会随之变化。旁观者难免会觉得要是能保持原样就好了，或是最好永远都不要变，但我认为变了也没关系。阿拉斯加是不是还有这样的秘境，我是不太感兴趣的，最让我感兴趣的是爱斯基摩人和印第安人今后会过上怎样的生活。

比方说，现在去爱斯基摩人的村子转一转，你就会发现狗拉雪橇几乎已经绝迹，都变成雪地车了。对当地人来说，用雪地车更方便呀，也不用费心思照顾狗了。但大家对雪地车是百分之百满意的吗？倒也未必。雪地车也会出故障，所以他们还是不敢完全放心。怎么办呢？他们把狗留在了村子里。虽然已经不让狗拉雪橇了，但家家户户都养着狗。

想要守住传统生活是美好的理想，被更轻松、方便的东西吸引则是现实。人们在理想与现实之间徘徊，生活也在这个过程中逐渐发生了变化。

曾有个和爱斯基摩人一起生活过的人写下了这么一句话："爱斯基摩人的生活变了，没法再勾起我的兴趣了。"我觉得生活在那里的人要是听到了这句话，心里一定很不好受。大家都想一点点做出改变，阿拉斯加的自然也会变样。在这个过程中，大家又会做出怎样的选择呢？

是保护阿拉斯加的自然，还是开发油田？这着实是个棘手的问题，但这个问题跟我们每一个人都有千丝万缕的联系。那绝不是发生在遥远世界的事情，即便生活在日本，同样的问题应该也是存在的。从今往后，我也会站在这个角度，继续守望阿拉斯加。

第九章

百年后的风景

1996年5月12日，星野道夫于山梨县八岳自然交流中心发表演讲，上午、下午各一次，本章为上午的演讲内容。

我已经好久好久没有在这个时候回国了，坐小海线过来的一路上，窗外的新绿都让我看出了神。阿拉斯加刚好也快迎来新绿的季节了，只是那片土地实在太广阔，以至于春天降临每个地区的形式都各不相同呢。我现在定居的费尔班克斯已经春意盎然了，可前些天待的那座爱斯基摩村庄还是隆冬的感觉，白令海也盖着一层冰。

　　今天的演讲是很久以前就敲定了的，可是几个月前商量具体日程的时候，我特别担心会不会跟捕鲸撞上。因为每年开捕的日子都不一样，差得还挺多呢。我心想，五月中旬应该没什么问题吧，所以最后才把演讲日期定在了今天，没想到不偏不倚刚好撞上了捕鲸季。于是我离开村子的时候，爱斯基摩村民都在问："你为什么要在这个时候回去啊？"眼看着就要开捕了，我却要在这个节骨眼上回日本去，而且一星期后还要再回来，这样的事情他们实在是理解不了，实在是想象不出来啊。毕竟在他们的脑子里，日本这个地方实在是太遥远了。所以我谎称自己是回费尔班克斯办事，一星期后就回去。这样的距离和时间，他们还是能想象出来的，"哦，道夫要去一趟费尔班克斯，过一个星期就回来"。于是我前天就这么急急忙忙回国了。

今年阿拉斯加的冰状态很不好，迟迟无法开捕。事情得从爱斯基摩人为什么能捕鲸说起。现在这个时节，从白令海到北冰洋的海域还盖着厚厚的冰层。但是从四月到五月前后，北风会逐渐变成南风，再加上海流的影响，冰层会一点点动起来。于是冰海上便会出现一条条被称为"冰间水道"的小海面。

谁都不知道水道会在离村子多远的地方打开，不过水道一开，爱斯基摩人便会划着自己做的爱斯基摩皮筏过去追捕鲸鱼。

爱斯基摩皮筏是用大概八头髯海豹的皮拼出来的。十多年前，我第一次参加捕鲸的时候，村里有一支小分队用的是现代化的木船，可木船的速度根本比不上皮筏。捕鲸的时候是一律不用马达的，大家都是手动划桨，但是比起我们熟知的小木船，皮筏要安静得多，速度也快得多。

皮筏基本上都归村子的长老所有。捕鲸的首领不光要让年轻人团结起来，还要在捕猎期间养活他们，所以没点实力是当不了的。长老虽然不会亲自上皮筏，却掌握着所有的实权。

每个村子大概有十五艘皮筏吧。冰间水道一开，村民便会分成若干个小队，每队一艘皮筏，然后在冰面上开出一条道，搭设一排营地严阵以待。因为鲸鱼是从南边游过来的，它们是哺乳动物，必须浮上水面换气。所以它们会沿着水道游，一边呼吸，一边北上。

那么每个小队有几个人呢？也就是皮筏上会坐几个人呢？基本上是六到八人。坐在最前面的叫"鱼叉手"，负责在靠近鲸鱼的最后关头发射鱼叉。当地人还有个传统，在捕鲸季结束的一个月后，大概是六月底吧，村子会举办感恩的庆典，感谢那年打到的鲸鱼。而庆典举办日期的决定权，归第一个拿下鲸鱼的小队的队长，也就是鱼叉手所有。这个职位就是这么光荣，所以每个年轻人都想当鱼叉手。

可捕鲸并不是人人都能参加的。十多岁的时候就要开始历练了。爱斯基摩人的捕鲸是一种基于营地的蹲守型捕猎。要在冰上等好几个星期，直到冰间水道开到最好的状态。所以在此期间，必须时刻有人守在帐篷里烧暖炉。在大家累得沉沉睡去的时候，必须有人守一整晚，往炉子里添海豹油脂和柴火混合而成的燃料。而这就是孩子的工作。而且孩子进不了家长所在的那一队，一定会被分配到其他小队去。于是有能力的孩子自然能赚到好名声，比如有人会表扬"那孩子不错"。通过年复一年的历练与积累，孩子们才能成长为鱼叉手，这套机制也是老祖宗传下来的。

在村人一年到头的生活中，捕鲸占据着非常重要的地位，所以每到这个季节，全村便会团结一致。等捕鲸季结束，夏天到来了，大伙儿会分头去打海豹什么的，但是在大家的意识中，只有捕鲸是最特殊的。原因之一，在于鲸鱼的巨大。能打到这样的猎物，本就是很光荣的事情。原因之二，在于全村齐心协力这种代代相承的生活模式。

眼下存在各种和捕鲸有关的问题，所以当地引进了配额制，给每个村子定了一个数，今年这个村子是"五"，那个村子是"八"，另一个村子是"二"，如此这般。但并不是说拿到"五"的村子就可以打五头鲸鱼，因为这个数字指的是投掷鱼叉的次数。

也就是说，如果村人发射了一次鱼叉，却没有成功，那他们就浪费了一次机会。这项制度既有优点，也有缺点。优点嘛，总归是能防止村人肆意攻击鲸鱼，这也算是国际捕鲸委员会的良苦用心吧。这方面的优点当然是存在的，但反过来说，这项制度也给年轻人造成了巨大的压力。毕竟自己发射的鱼叉要是没有命中，心里懊恼就不用说了，整个村子都有可能被拖累啊。

不过他们也在制度的范围内发挥了自己的智慧。假设这个村子分到的额度是五，另一个村子分到了二。捕鲸的成果和那年的冰面状态以及村子的位置有很大的关系，所以预计自己今年很有可能一头都打不到的村子会把自家的一次机会让给其他村子，条件是等对方得手以后，要分一点肉给他们。切开鲸鱼的时候，你会发现鲸鱼肉是由表皮、下层的黑色表皮和更深处的油脂组成的。这个带油脂的表皮部分被称为鲸皮，是爱斯基摩人最爱吃的东西。鲸皮不光会分享给全村的人，其他村子也能分到。

鲸鱼肉的分配原则也很有意思。就算一艘皮筏上的人能射死一头鲸鱼，可是鲸鱼那么大，光靠一艘皮筏是拖不动的。所以打到鲸鱼的消息一旦传到营地，所有人都会争先恐后地赶往现场。因为最后能分到哪个部位，是根据赶到现场的先后顺序决定的，这是老祖宗的规矩。然后大家会一起把鲸鱼拉回来，再拉上岸。祈祷的时候，也是大家一起站在鲸鱼的周围。

下一步就是肢解了。最先下刀的是打到鲸鱼的队员，但整个过程还是少不了大家的通力合作。肢解的方法也是有老规矩的，所以实际操刀的年轻人一定会有老人家从旁指点，在实践中学习肢解的方法和步骤。那场面实在是很感人。当然，看着硕大的鲸鱼一点点变小也是很震撼的，但更让人感动的是，村里的老人家还有很大的话语权，年轻人也很仰仗他们的智慧。这样的场面无论看上几遍，都让我觉得心里暖洋洋的。

　　鲸鱼肉会分给所有的村人，最后只剩颚骨，大家会一起把它推回海里。这个环节也有一点宗教仪式的属性，寄托了村民的祈祷，希望鲸鱼明年再来。另外，分发给村民的肉块上带的骨头也会摇身一变，成为各种生活用品，或是被插在地上，作为本村墓地的墓标。鲸骨最大的墓地一定属于捕鲸长老，长老的地位在这方面也有所体现。总而言之，鲸鱼的每个部分都会被充分利用起来，不存在一丝一毫的浪费。换句话说，捕鲸真的是为村人的生存服务的。他们的生活形态一点点走向了现代化，家里也放着电视机什么的，变化的速度很快。但他们依然置身于大自然的循环中，享用每一季降临的自然恩泽，这种狩猎生活的基础并没有丝毫的动摇。在捕鲸季的村子待一阵子，你就能切身感受到这一点。

　　苦等好几个星期，终于在某天晚上等到了一条恰到好处的冰间水道。村人会把皮筏一字排开，摆在冰面上，两两相隔五十米到一百米。然后等到半夜……其实那段时间是白夜的季节，所以四周还是有些朦胧的亮光的。只见在静谧的夜色中，一头鲸鱼沿着水道从远处游向我们。所有人屏息凝神，静静守候。是不是过一会儿会有人下达指令，然后十五艘皮筏哗啦啦地下水呢？不是的。十五艘皮筏特别默契，同时出动，悄无声息地离开冰面，下到海里，滑向那头鲸鱼。那光景别提有多美了。

捕鲸就是如此神奇，所以当捕鲸季临近时，年轻人的表情都跟平时不一样了。待在村里的时候看上去没什么出息的家伙仿佛换了个人似的，变得格外可靠。每每看到那样的光景，我都能深刻感觉到狩猎民族所拥有的自然与人类之间的关系。捕鲸在美国是很难得到认可的，爱斯基摩人的传统捕鲸也不例外。但是不亲历现场，你是不会明白他们跟鲸鱼的联系有多紧密的，你也不会明白他们对鲸鱼怀有怎样的敬畏之情。不亲自过去看看，应该是不会懂的。

放眼阿拉斯加全境，除了鲸鱼，还有许许多多会让人感兴趣的动物。其中最吸引我的莫过于一种叫北美驯鹿的动物。不过我对驯鹿的兴趣并不是针对个体的，而在于庞大的鹿群。为什么呢？因为我心里总有一份懊恼，要是自己能早点出生就好了。如果我能早出生个一百年，就能看到爱斯基摩人当年的生活了。在大平原流浪的水牛如今只存在于美国印第安人的传说里，可要是我能早点出生，就能亲眼见到了啊。

所以在游历阿拉斯加的过程中，当我有幸邂逅驯鹿大军在阿拉斯加北极圈上演的季节性迁徙时，一股强烈的情感涌上心头，那就是"我赶上了"。那一幕光景与数千年前别无二致。我曾一次次目睹数十万头驯鹿路过我的大本营，那是何等恢宏的风景啊。早上还一头都看不到呢，只见驯鹿现身于地平线，然后数量逐渐增加，最后将地平线完全填满，浩浩荡荡地朝我的大本营进发。它们走上六七个小时才走光，消失在另一侧的地平线后，一头不剩。而且在见证这个过程的时候，我周围一个人都没有。不是跟无数游客一起围观，而是一个人看。你会产生一种奇妙的感觉，仿佛自己穿越回了远古时代，仿佛地球上还留有那样的世界。

直到今天，阿拉斯加北极圈的爱斯基摩人和印第安人还过着建立在猎鹿活动上的生活。我在儿时勾勒过这样的世界，却以为它已经消失了，没想到自己还能赶上……激动的心情油然而生。从这个角度看，驯鹿对我来说真的是很特别呢。

话虽如此，生活在阿拉斯加的日子久了，你就会意识到爱斯基摩人和印第安人还是面临着很多问题的。好比酗酒。每每看到倒在安克雷奇街头的醉汉，每每接触到酗酒者的生活，我都难过得要命。印第安人举办集会的时候，我总是尽量参加，有意识地倾听他们的心声，而我在会场感受到的正是他们自身的力量，他们那种"必须做点什么"的信念。

不过仔细想想他们的处境吧，他们周围没有各种各样的问题才怪了。在这一百年里，我们的生活也发生了很大的变化，但这种变化是很缓慢的。可是爱斯基摩人和印第安人经历的变化，无异于在短短一代人的时间里从古代跳跃到了现代，幅度是非常大的。

所以在分析自杀、酗酒、年轻人与老人之间的代沟、开发油田等问题时，我觉得存在两种观点。一种观点是显而易见的，认定这些现象都是负面的，不好的。另一种观点则认为，这些是"必要之恶"。人也有这样的两面性，把深陷低潮的时期反过来，不就成了潜藏着无限可能的时期吗？此时的人充满了走向下一次蜕变的潜力。所以我也想一直站在这个角度看待他们的现状。

其实那种必须想办法解决这些问题的信念正在年轻人心中熊熊燃烧。而且近年来，这份信念化作对老一辈的仰慕显现了出来。西方文明曾一度成为他们的崇拜对象，但是如今局势已经逆转了，他们对老一辈的向往变得格外强烈了。所以我认为他们的处境也会继续变化，现在只是个过渡期，他们为了迈入下一个时代面临着许多问题。没有任何问题的完美世界是不可能存在的，我甚至可以说，正因为阿拉斯加有这样一群背负着矛盾、顽强生活的人，我才会被那片土地深深吸引。只要是有人住的地方，就一定会产生各种各样的问题。如果阿拉斯加没有人住，只有美丽的自然，我恐怕不会为它如此倾倒。

只要他们还生活在那里，就必须进行一次又一次的抉择。届时，他们会选择怎样的道路呢？我对这一点非常感兴趣。就算他们成功选中了更好的选项，也一定会有新的问题冒出来。也就是说，这个过程是没有终点的。不存在社会就该如此的绝对规范，不存在没有环境问题的世界，也不存在最彻底的解决方案。只有"即便如此也要不断做出更好选择"的力量。

举个不太贴切的例子吧，在今天的阿拉斯加，巫术的世界已经几乎绝迹了。在宗教层面，基督教占据着统治地位。我们不能否认，这里存在一段基督教剥夺了阿拉斯加原住民的宗教与历史，以非常暴力的方式将它们赶尽杀绝的历史。我们可以把这看成一件坏事。可我觉得光是站在负面的角度看，未免也太简单了。实际生活在那里的人又是怎么想的呢？他们的确失去了某个世界。但是换个角度看，在巫术大行其道的时候，他们被紧紧束缚住的部分也是存在的，我们也得看到挣脱这种束缚的意义啊。站在局外人的角度看，难免会觉得基督教的渗透是很糟糕的，但我感觉实际生活在那里的人也许充分考虑到了基督教的两面性，非常巧妙地把它引进了自己的世界。

　　所以笼统地说，终点并没有那么重要。在我看来，最重要的是就如何在下一个时代选择更好的方向进行摸索。谁都无法想象一千年后的地球会是什么模样。谁都无法为那么久以后的事情负责。但是把范围缩小到一百年左右的话，我们自己好歹是能负起责任的，能为了走向更好的方向进行种种摸索。走到哪里都找不到没有犯罪的社会。真有犯罪率彻底为零的社会，我们也会不由得觉得害怕。既然如此，那我们就不得不带上所有的负面因素，负重前行。理想与现实总是对立的，总得找个折衷点。这才是最重要的啊。

好像扯远了。常有人问我，你在阿拉斯加旅行的时候，有没有遭遇过惊魂一刻啊？当然有啊，还不少呢。好比在野外露营的时候，早上睡眼惺忪地拉开帐篷一看，外面就是一张熊脸……这样的事情都有过好几次了呢。不过我也只是现在回想起来有些后怕而已，当时都下意识对付过去了。但是，碰上带着小熊的熊妈妈才是真的可怕啊。我就一不小心走到过母子之间。站在山上，能清清楚楚地看到妈妈跟孩子分别在哪里，可是一旦走到山下，视线会被草丛什么的遮挡，一不留神就会走到母子之间。这种情况是很危险的，但只要多留个心眼就行了，基本上不会出大问题。

夏天的露营和冬天的露营最大的区别在哪里呢？夏天在帐篷里睡觉的时候，你总会惦记着熊。冬天是很冷，但熊都在冬眠呢，完全不用担心。所以人的心态会更轻松一些。有一次，我到了四月还没回过神来，露营的时候突然想起外头可能有熊，整个人一激灵。不过熊真的动手攻击人的情况应该是比较少的。熊也不想袭击人……北海道的棕熊就挺大的，不过我觉得能有这样的恐惧心理，其实是一件很奢侈的事情。

我们日本人跟爱斯基摩人长得一模一样。所以我去村里参加捕鲸的时候，大家对我格外关照，仿佛我跟他们是老相识似的。我被错认成爱斯基摩人的概率尤其高，总能毫不费力地融入村民之中。脸长得像能给双方带来不小的安心感。村里有一家人真把我当成了自家的孩子，逢人便介绍："这是我儿子！"这事听起来唐突，但你真的去到那里，跟他们生活在一起，就一点都不觉得唐突了。你会深刻感觉到，大家真的是同宗同源的。虽然所处的世界完全不同，但感知的方式真的很像。我个人觉得，爱斯基摩人害羞的方式跟我们是一模一样的，当然这个观点对不对我也不敢保证啊。日本的孩子不是会在家里来客人的时候躲在柱子后面偷看吗？这种反应跟他们完全一样。虽然是个小细节，但我觉得在这些小方面有共通的感觉还是很重要的。

在阿拉斯加待的这些年里，甚至还有日本人把我错认成爱斯基摩人呢。有一次，我坐在火车上，身后坐着两个爱斯基摩青年。车开到半路，上来了一个背着登山包的日本年轻人。眼看着他在往我这边走，我心想，啊，这是个日本人，他大概要跟我搭话了吧……没想到他从我身旁走过，问我身后的爱斯基摩人："你们是日本人吗？"

还有一次，我去了一座从没去过的印第安村子。准备收留我的那家人特地要来机场接我。那机场不大，跑道是用小石子铺成的，供十来人坐的小飞机起降。不过对村人来说，有飞机来可是大事，所以大家都会跑到机场来，于是我就不知道谁才是来接我的人了。但我心想，反正过会儿就知道了，就整理起了行李，回过神来才发现，村人已经走光了。后来我只能自己找去那户人家。结果他们说："我们在机场等了好久，可就是没看到日本人下来啊！"这样的事情经历得多了，我便切身体会到自己真的是蒙古人种啊。

　　在饮食习惯上，日本人和他们也有很多共通之处。他们的饮食可丰富了。我经常跟白人朋友说："他们吃的东西绝对比你们丰富多彩。"可白人很难理解。但日本人的饮食观念和他们非常相似。海豹肉干也好，鲸鱼肉也罢，日本人应该都不会有什么抵触，说吃就吃。

我一直觉得"吃"是非常要紧的，看到别人愿意跟自己吃一样的东西，你肯定会觉得很开心啊。好比爱斯基摩人会把海豹的油脂融化，做成调料，就跟日本的酱油似的。这种海豹油有股特殊的气味，但是在他们的餐桌上，海豹油是必不可少的，每顿都要吃。于是海豹油一旦出现在餐桌上，大伙儿都会盯着我看，看我吃不吃。无论我吃还是不吃，他们都不会说什么，但我要是吃了，他们就很开心呢。我特别能理解这种感觉。看到美国人不肯吃刺身，作为一个日本人，你总归是不好受的。当然，大家所处的环境完全不一样，照理说是完全可以接受的，可你心里总有些不愿接受的情绪。喜欢的音乐不一样，你不会觉得有什么大不了的，可自己平时吃的东西遭到了对方的抵触，那就太煎熬了。所以我感觉在和其他人、其他民族相处的时候，饮食习惯是非常关键的一步。

　　不过无论在阿拉斯加生活了多久，我终究是个日本人。我爱极了阿拉斯加，但是对日本的爱也是同步加深的。我也没法用语言把这种感觉描述清楚，好比住在日本的时候觉得很麻烦的事情，回过头来看看，反而能有新的感悟。举个很无聊的例子，日本人不是习惯在中元节和年底送礼吗？以前我可纳闷了，不知道为什么要整这些东西，但是在阿拉斯加住得久了，我便渐渐理解了这项传统的含义，理解了老规矩背后的深意。当然，这只是一个例子，我想表达的意思是，当你走进另一个截然不同的世界时，原本看不分明的东西便会清晰地显现出来。

所以从大自然广阔无垠的阿拉斯加回到日本的时候，我看到的是杂乱零碎的自然，但我并不会产生厌恶的情绪，反而会无比怀恋。当然，两边的自然有着天差地别的规模。不过拿阿拉斯加的自然和美国本土的自然作对比也是一样的。比如美国本土有黄石、大峡谷等国家公园。日本的游客过去一看，肯定会觉得公园里的自然风光非常壮丽。但是和阿拉斯加的自然相比，那都是很渺小的自然。黄石公园周围都是有人住的地方，唯一保留下来、受到保护的地区成了国家公园。阿拉斯加的情况正相反。那边也有一座宏伟的公园，叫德纳里国家公园。和本土的国家公园相比，它的野性显然更胜一筹。但是以阿拉斯加全境为参照物的话，那里反而是人气最旺的地区，跟美国本土刚好反过来了。阿拉斯加的大多数地区是广漠得莫名其妙的世界。坐赛斯纳飞机去北极圈的路上，你能看到延绵数十千米、数百千米的原野。那就是阿拉斯加至今拥有的自然啊。

那日本的自然呢？论规模，当然没法跟阿拉斯加比。可大的自然就一定是好的，小的自然就一定不好吗？话不是这么说的。两者是完全不同的自然。我经常跟朋友们说，对人类来说不可或缺的自然必定有两种。一种是大家身边的自然，说白了就是日常生活中的自然，能在日本接触到的自然。

而阿拉斯加的自然不属于这种类型，它是遥远的自然，对生活在阿拉斯加的人来说也是非常遥远的。绝大多数阿拉斯加居民都没见过驯鹿的大迁徙。狼也跟以前一样在阿拉斯加的土地上繁衍生息，但亲眼见过狼的人寥寥无几。我们可以说，大自然的胸怀就是这么深。可人类看不到的自然就不重要了吗？当然不是。遥远自然的重要性，体现在想象的层面上。就算你不亲自过去，只要地球上还有那样的世界存在，我们的心就能充实起来。假设阿拉斯加一匹狼都没有了，我们的生活也不会有丝毫的变化。因为那是遥远的自然。可是在想象的层面，狼的消失会给我们带来惨重的损失。不用亲自过去，只要它还在那里，就能充实我们的心，这样的自然也是存在的啊。这就是遥远自然的重要性与身边自然的重要性。在比较阿拉斯加的自然与日本的自然时，我总会想到这一点。

第十章

印第安人的祈祷

1996年5月12日，星野道夫于山梨县八岳自然交流中心发表演讲，上午、下午各一次，本章为下午的演讲内容。

我已经好久好久没有在这个时候回国了，小海线窗外的新绿看得我分外怀念。现在刚好也是阿拉斯加冬去春来的时候，我居住的费尔班克斯马上也要迎来新绿的季节了。

　　大家应该都没有去过阿拉斯加，所以对那边的季节感没什么概念吧。这阵子阿拉斯加的日照时间特别长，几乎是没有黑夜的。不久前还是倒过来的，白天很短很短，不过从三月前后开始，日照时间每天都会递增七分钟左右，十天下来就多出了大概一小时。回过神来才发现，黑夜已经消失了。现在距离夏至还有一个月，半夜爬起来抬头看看，天也不是漆黑的，反而有点蓝。太阳虽然沉下去了，但只会在地平线的另一头稍微躲一会儿而已。

那么就先结合阿拉斯加的生活，给大家简单介绍一下那边的一年四季吧。因为阿拉斯加实在是很大，费尔班克斯都春意盎然了，走到北边一看却还是冬天。直到前天，我还在爱斯基摩人的村子里跟着他们捕鲸，那边还是一派冬天的景象。

今天的演讲是很久以前就敲定了的，不过实话告诉大家吧，当时我还以为捕鲸季不会来得那么早呢。去年是六月才开始的，所以我觉得五月回国应该是没问题的。没想到刚好撞上了，直到前几天，我还和爱斯基摩村民一起在北冰洋的冰上蹲守鲸鱼，天天露营呢。可是演讲的日子已经定了啊，说什么都得回日本待上一星期。我实在不知道该怎么跟大家解释这件事，只能谎称要回费尔班克斯办点事。因为不这么说，他们就想象不出来啊。毕竟他们中的大多数人一辈子都没离开过阿拉斯加，连美国地图都搞不清楚。在他们的脑海里，日本是个无比遥远的地方，眼看着就要开捕了，我却要回日本一星期，然后再回来……这样的事情他们是绝对想象不出来的。所以我只能撒个小谎，急急忙忙飞回来。

爱斯基摩人开始捕鲸，是春天临近阿拉斯加的征兆之一。但是在当地居民心里，春天还没有来呢。为什么呢？虽然有些植物已经吐出了嫩芽，但育空河的冰还没有裂开。不等到育空河开，人们就不觉得春天来了。话说很多年前，我曾亲眼见证育空河解冻裂开的瞬间，那场面真是太感人了。只听见砰的一声巨响，冰冻了整整半年的河一下子流动起来。在大家心里，那个瞬间就是春天来临的信号。

再分享一段和春天有关的经历吧。上个月，我去围观了熊冬眠的巢穴。我有个研究熊的朋友，费尔班克斯周边的熊的冬眠情况是他的研究课题。今年，他跟踪调查的其中一个巢穴有小熊诞生了。而且那个巢穴就在一条从市中心穿过的高速路尽头的河对岸呢。冬眠的熊要怎么调查呢？他会趁夏天先找几只熊，给它们戴上一种叫"无线电项圈"的信号发射器。可是项圈的电池撑不到冬天结束，所以需要中途更换。怎么换呢？先坐赛斯纳飞机在费尔班克斯周边的山区飞一飞，根据信号锁定熊冬眠的山谷。第二天开车过去，到了开不进去的地方，再换上滑雪板什么的，深入山林。

这个找巢穴的过程非常有趣，要拿着天线，边走边找信号。可即便有天线，也很难锁定巢穴所在的那个点。到了这个阶段，他们会睁大眼睛观察雪地，找很小很小的透气孔，我这个外行是绝对看不出来的。从找到的那一刹那开始，所有人都会突然压低嗓门。看来大家还是会紧张啊。换电池之前，要先把熊麻醉，以免它醒来。可是在那之前，还得先确认一下洞里是不是真的有熊。于是大家要用铲子一点一点把透气孔周围的雪挖开，弄出一个大洞。

但谁都不知道里头是不是真的有熊。说不定是项圈松了，掉在了洞里。调查队总共是五个人，有人专门负责确认这个事情。只见他拿着手电筒，战战兢兢地把头伸进洞里看。里头果然有熊，他好像还被熊的前脚轻轻刮了一下。光是想象那个瞬间，我都觉得特别滑稽呢。因为熊显然受到了更大的惊吓啊。人家在一片漆黑的地方睡了整整半年，突然有光照进来不说，还有张人脸凑了过来，能不吃惊吗？

　　顺便说一下，"突然遇见熊的时候该怎么办"在阿拉斯加也是一个永恒的议题。可是谁都没有绝对正确的答案。不过我总觉得很多人犯了两种错误。第一种错误是"太害怕"。这种状态是很危险的，其实熊见了人也怕啊，所以它们会在与人偶遇的那一刹那做出判断，在怕得逃跑和怕得发动攻击之间做出抉择。遇到这种情况，如果你能保持冷静，熊肯定能感觉到的。狗一见到讨厌狗的人，也能立刻察觉到不是吗？熊当然也有这样的感觉，所以太害怕总归是不太好的。第二种错误是"完全不在乎"。露营的时候，你时刻都不能忘记熊的存在。在处理食品和其他东西的时候，绝对马虎不得。

确定洞里有熊以后，再把麻药的注射器固定在长长的棍子顶上，对准熊的屁股迅速戳一下。然后等个十分钟，确定熊真的睡着了，再把它搬出来。最后，我们发现洞里有两只小熊。我还是第一次看到熊妈妈跟小熊一起冬眠的场景，真是感动极了。

麻药的药效是一个多小时。大家必须在这一个小时里把所有的活干完。称体重啦，采集血样啦……但那毕竟是野生的熊啊，平时根本摸不着的。所以我每次都要把脸埋在熊的身上，闻它们身上的气味。那味道可好闻了。大家也许会下意识地把野生动物跟"脏""臭"这样的字眼联系在一起，殊不知它们一点都不臭，反而散发着野性十足的香味。

忙活了将近一个小时，熊就快醒了，于是我们就把它放回了洞里。其实放回去比拿出来还难呢。

小熊尤其需要小心对待，不能弄湿它们的皮毛，不能让它们沾到雪，因为雪会在融化的时候降低体温，搞不好就没命了。轻手轻脚地把熊放回原位，用雪把洞口盖住，眼前的风景就跟来时完全一样了。我也不是每年都去，但也去过好几次了。久而久之，我都觉得调查熊的巢穴成了春天降临阿拉斯加的前兆了。此时此刻，熊妈妈和两只小熊应该已经出洞了吧。

再过一阵子，阿拉斯加便会迎来白夜的季节。夏天一到，跟朋友见面的次数就会直线下降。因为冬天实在太漫长了，大家都会在脑子里列一张清单，满怀着期待筹划夏天要做的事。于是等夏天真的来了，大家便会火力全开，满世界地跑，都不舍得留出一点时间见朋友了。所以夏天会在这种忙碌的状态下过去。再加上太阳总也不落山，时间感都乱了。孩子们打棒球不用在乎天色，第一场从晚上七点多开始，打完还能接着打第二场呢。一天的时间就是那么长。所以我在阿拉斯加住得久了，总会时刻惦记着太阳的动向。生活在日本的人应该不太关注太阳一天下来在天上画了一道怎样的弧线，但是在阿拉斯加，尤其是每年冬天到夏天，太阳的运行模式是很极端的，所以大家都是一边关注太阳一边生活的呢。

阿拉斯加大概是八月底入秋吧。那段时间的红叶真的很美，苔原遍地是蓝莓。阿拉斯加不产水果，所以每到这个季节，超市的货架上就会摆满空的果酱瓶。大家买一些瓶子回家，用自己摘的蓝莓和蔓越莓什么的做果酱，然后冻起来备着。第一次来阿拉斯加的话，我比较推荐这个时节来。

正好这个时候也能看到极光了。大家肯定觉得极光只有冬天才有吧，其实一年到头都有。只是夏天有白夜，所以看不见。到了八月，夜晚的天色会逐渐变黑，黑到一定程度就能看到了。人们都很欢迎这个时期的到来，因为白夜持续的时间长了，大家都累坏了，都很想念黑夜呀。所以到了八月中旬，抬头看到阔别已久的满天星斗时，那种开心、安心的感觉真是溢于言表。因为二十四小时都亮着，大家活动过头了，筋疲力尽了，而自然会让人们一点点慢下来，同时纾解疲劳。等秋天真的来了，大家又会不由得走到一起。一会儿自己办聚会，一会儿去参加别人办的聚会……这样的季节会再次到来。

我以前住的小屋没有自来水，也没有厕所。直到现在，还有很多年轻人住在这样的屋子里。大伙儿聊天的时候也会说："等哪天结婚了，真想搬去有自来水的地方住啊。"话说镇上有一户人家是有桑拿房的，每周六向公众开放，这一开就是好几十年。只要是周六，谁都能去蒸桑拿。因为那一带有很多人过着用不上自来水的日子，这样的好地方真是稀缺资源。我第一次去阿拉斯加的时候，朋友带我去体验过，当时有一幕光景把我吓了一跳。因为桑拿房在别人家里嘛，所以进门以后是客厅，一家人吃完晚饭，正在喝茶什么的。可他们周围摆着乱七八糟的衣服。也就是说，来蒸桑拿的人都是在那里脱衣服的。一边在阖家团圆，另一边却是脱得精光的外人。当然，谁都不会介意这种事。桑拿房很小很小，但大家都很期待周六的到来。阿拉斯加几乎没有所谓的娱乐设施，所以大家格外享受这种能坐在一起聊聊天的地方与时间。

说起娱乐，每年冬天，费尔班克斯都会定期举办音乐会。会有美国本土的音乐家过来演出。不，应该说他们是在去别处演出的途中来费尔班克斯转了一圈，不过当地居民可期待这些音乐会了。有趣的是，无论来演出的是谁，票都能全部卖光。可见大家是多么渴望这样的活动。再加上大家平时没什么机会打扮，所以来听演唱会的时候都是盛装出席的。费尔班克斯是个小地方，在这种场合肯定会遇见熟人。平日里穿得邋邋遢遢的人都在拼命打扮，看着还挺不协调的。不过这种感觉反而让人觉得心里暖洋洋的呢。

　　讲过了阿拉斯加的季节，再讲讲生活在那里的人吧。阿拉斯加不光有白人，还有爱斯基摩人、印第安人等各种各样的人。日本人长得还挺像爱斯基摩人和印第安人的，我可不是特例哦。我去过阿拉斯加的很多地方，被错认成爱斯基摩人和印第安人的次数太多了。和普通的日本人相比，我的长相的确更容易造成误会。被住在阿拉斯加的日本人认错的情况也发生过好多次了。话说很久以前，我在火车上碰到了这么一件事。那天我身后坐着两个爱斯基摩青年。中途到站的时候，上来了一个背着登山包的日本年轻人。眼看着他在往我这边走，我本以为他要跟我搭话了，结果他跑去问我身后的爱斯基摩人说："你们是日本人吗？"

我不光像爱斯基摩人，还像印第安人呢。有一次，我要去一座从没去过的印第安村子，跟准备收留我的那家人说好在机场碰头。那机场要打个引号，因为跑道都是用小石子铺成的，简陋得很。不过有飞机来可是大事，所以全村的人都会跑到机场来。这下可好，我不知道谁才是来接我的人了。但我心想，反正过会儿他们就会主动跟我搭话，就整理起了行李。回过神来才发现，村人已经走光了。后来我只能自己找去那户人家。结果他们说："我们在机场等了好久，可就是没看到日本人下来啊！"这样的事情经历得多了，我便切身体会到自己真的是蒙古人种啊。

　　话说爱斯基摩人跟印第安人都是挨过饿的，但生活在阿拉斯加东南部的特林基特族印第安人和海达族印第安人完全没这方面的经历。为什么呢？因为他们生活在一个非常丰饶的世界。山珍海味有得是，所以他们才能构筑起拥有图腾柱等超高水平技术的独特文化。那他们究竟是从哪儿来的呢？这个问题直到现在还留有许多未解之谜。他们生活在海岸地区，另一边就是冰川地带。这个地方并不在蒙古人种的迁徙路线上。所以他们的出处依然蒙着神秘的面纱，但我一直觉得，他们肯定是沿着海岸线走海路来的。

"是谁最先踏上了美洲大陆"是我非常感兴趣的问题，我也翻阅了很多书。现在的人类学主流观点认为，人类在冰河时期从亚洲出发，穿越白令海，先到了阿拉斯加，然后一路漂泊到了南美。但这套假设已经快被推翻了。不久前刚有人在巴西的洞窟里找到一万三千多年前的壁画，为什么在蒙古人种刚抵达阿拉斯加的时候，南美就已经存在蒙古人种了呢？如果南美的人是从北美过去的，就解释不通了啊。这么想来，南美的人只可能是走海路去的。如果真是这样，那岂不是意味着早在三四万年前，人类就已经完成过大航海了吗？澳大利亚有人的历史，是不是比我们想象的更久呢？可澳大利亚跟亚洲没有陆地相连，于是老问题又来了，澳大利亚的人是从哪儿来的呢？说到底，走海路终究是唯一的可能性啊。

前些天，我拜访了一位特林基特族朋友的母亲。她一见到我便说："我的祖母总是念叨，'我们到底是从哪儿来的'。"然后她找出一本书，翻到某一页，问我："这是谁啊？"只见书页上印着几个阿伊努人的照片。她是灰熊氏族的，也就是说她的祖先是熊。得知阿伊努人和熊很有渊源之后，她觉得非常不可思议。她完全没有"日本跟阿拉斯加原本是连着的"这样的意识，但她心里大概一直都抱着一个疑问，那就是为什么亚洲会有一群和自己长得一模一样，而且关系还那么近的人。

今年是我移居阿拉斯加的第十八个年头。最近我常会忽然琢磨起来，自己为什么会在那里待那么久呢。感觉二十多岁、三十多岁的时候，我满心都是对阿拉斯加大自然的向往，埋头向前冲，无暇思考自己为什么会在那里。可我如今已是不惑之年，也在那片土地扎根了整整十八年，那个疑问真的会在司空见惯的时刻掠过我的脑海呢。人的一辈子只有一次。既然是这样，那我今后也会一直在阿拉斯加住下去，这也是我真心想要的。那就意味着阿拉斯加的生活对我来说必然有某种非常重大的意义。我从没认真思考过这些，可一旦琢磨起来，便不由得想起了很多很多事。我想和大家分享其中的一段，顺便讲讲我和清里[15]的渊源。

儿时的我沉迷棒球，不过我家附近有个电影院，总有三场连播的电影可看。我经常去那里看武打片。谁知突然有一天，电影院放了一部叫《蒂科和鲨鱼》的电影。那是我这辈子看的第一部纪录片，以南太平洋为舞台，讲述了原住民少年和鲨鱼的交流。这部电影真是棒极了，我受到了很大的震撼，心想：

"原来地球上还有这么美的世界啊！"当时我虽然还小，却第一次把"自然"放在了心上。我只觉得，原来这样的世界是真的存在的啊。长大以后，我又把这部电影看了一遍，发现电影本身并不是很出彩，只是南太平洋的汪洋大海给儿时的我留下了非常深刻的印象。

话说我跟清里也是很有缘分的，在学生时代，当时我应该才二十岁吧，我在谷口牧场工作过一段时间，受了不少关照。后来我的好朋友也到谷口先生手下工作了，所以我们那时经常往清里跑。当时这一带还很乡下，我还记得自己走出车站以后，总是沿着一条鸦雀无声的路走去牧场。可惜没过多久，朋友就在山上遇难了。在出事前不久跟他一起来清里的一幕幕光景，直到现在我还记得清清楚楚。坐晚班车到车站，抬头望去便是壮观的星空，谷口先生有时也跟我们一起，边看星星边走路。朋友的离去就是不久后发生的事情。我们从小就是最好的朋友，连最私密的梦想都能跟对方分享，说好了以后要一起做很多很多事的，所以这件事对我造成了很大的打击。出事那年我二十一岁。我迷茫了整整一年，不知道该怎么办才好。到底该怎么活下去？应该在人生中做点什么？我真的没了方向，成天郁郁寡欢，却又很着急，觉得自己必须得出一个结论来，烦得什么事情都没心思做。这种状态持续了很久很久。过了一年多，我终于在自己心里找到了答案。那就是，"做自己喜欢的事吧"。

我在十九岁那年第一次踏上阿拉斯加的土地，那次只在爱斯基摩人的村子里住了短短的一个夏天。但我心里总有个朦朦胧胧的念头，想要再一次回到那里去。所以朋友出事以后，我思考了整整一年，说得装腔作势一点吧，我觉得阿拉斯加正在呼唤我。想要和非常大的自然打交道的念头油然而生。大概朋友的离去也让我觉得，我的一段青春在那一刻画上了句号。于是我心里就只剩下一个坚定的信念了，那就是"我必须去阿拉斯加"。话虽如此，我并不知道去了以后要怎么办，要做些什么。眼看着就要毕业了，我却一点方向都没有，唯有再次回到阿拉斯加的念头在不断膨胀。就在这时，我想到了摄影。那时我几乎没拍过照片，但很喜欢看别人拍，于是我便想，要是能通过摄影在阿拉斯加做点什么就好了。

但我最想做的还是和非常大的自然打交道。而且我想要深入的不是寻常的自然，而是大得惊人的自然。我也有预感，阿拉斯加一定能帮我实现这个愿望。于是我就搬过去了。本打算在那边住个五年左右，然后就换个地方，没想到这一住就是十八年。

可阿拉斯加为什么能留我那么久呢？仔细想想，还是因为那边的自然没有辜负我的期待啊。什么意思呢？是因为阿拉斯加的自然果然大到了极点。我心里总有一份懊恼，要是自己能再早出生一些就好了。我要是早出生一百年，就能看到更古老的爱斯基摩人的生活了啊，就能看到更不一样、更没有被人破坏过的自然了啊。在美国本土，水牛在大平原徘徊流浪，与美国印第安人共生共存的生活已经见不到了。虽然无论如何，我都只能立足于现在，却还是会不由自主地想，要是能再早出生几年就好了。

不过在游览阿拉斯加各地的过程中，我逐渐意识到自己想错了。好比第一次在阿拉斯加的自然中见到驯鹿大迁徙的那一刻。那次在北极圈的苔原露营了将近半个月，蹲守驯鹿，也不知道驯鹿会不会来。突然有一天，地平线上出现了几头驯鹿。眼看着鹿越来越多，渐渐盖住了整条地平线。只见它们径直朝我这边走来，放眼望去尽是鹿群。一只只驯鹿从我的大本营走过，走了整整六七个小时才走完，再次消失在地平线后。四周重归寂静。在看到那一幕风景时，我当然是孤身一人。眼前是壮阔的风景，看风景的人却只有一个。遇到这种时刻，我会发自内心地觉得，自己好歹还是赶上了。

现在阿拉斯加应该没有濒临灭绝的动物，但是从今往后，阿拉斯加肯定也是会变的。狼也好，熊也罢，都跟以前一样。麝牛倒是曾一度濒危，它们是冰河时代的幸存者，有一阵子因为滥捕差点灭绝，但现在已经恢复过来了。可是阿拉斯加的环境终究是在逐渐改变的，在这个过程中，驯鹿的季节性迁徙能不能幸存就很成问题了。正因为如此，我现在十分庆幸自己赶上了这样一个时代。

诚然，是自然的魔力让我在阿拉斯加留了那么久。但自然并不是我留下的唯一理由。说到底，还是因为那边是有人住的。如果阿拉斯加只有绝美的自然，我应该不会待那么久。有人住着，就意味着那里包藏着各种各样的问题。白人、爱斯基摩人、印第安人……有形形色色的人生活在阿拉斯加，自然会产生许许多多的问题。巨大的自然与人类是如何在面对这些问题的同时相互牵连的呢？大概就是这个疑问把我拴在了阿拉斯加。

接下来，我想跟大家聊聊我的一位朋友。这四五年里，阿拉斯加东南部一直是我的拍摄主题。那是一片被冰川与森林覆盖的土地，刚好与加拿大接壤，靠海的那一侧有着多岛海的地貌。那里是特林基特族印第安人与海达族印第安人的家园。他们的生活与爱斯基摩人，还有生活在内陆的阿萨巴斯卡族印第安人完全不一样。我对他们特有的自然观产生了兴趣，所以走访了很多印第安人，有跟我年纪相仿的，也有长老级别的人物。其中有一个人给我留下了深刻的印象，他就是我要介绍给大家的那位朋友。

就在几星期前，我去了一趟锡特卡。它本是印第安人的土地，但是后来白人殖民者来了，如今白人和土著的人口比例已经逆转了。不过特林基特族印第安人的社会直到现在还保留着强劲的力量。听说他们要打造新的图腾柱了，这可是近百年来从未有过的，我便去参加了开工庆典。我在庆典上见到了很多老朋友，维利便是其中之一。他比我大四五岁，跟我特别合得来，人很幽默，有一双漂亮的眼睛。他是越战老兵。大家可能很难把越战和阿拉斯加的原住民联系在一起吧，其实当年有很多爱斯基摩人和印第安人上了战场。维利就是其中之一。据他说，那场战争夺走了五万多美国士兵的生命。但是在战争结束后自杀的老兵足有十五万人，相当于战死者的三倍。维利回国后，心理状态也出了问题，让他起了自杀的念头。可就在那个时候，就在他上吊的时候，七岁的儿子一直在下面拼命托着父亲的身子。他就这样得救了。儿子成了自己的救命恩人，这件事成了他的人生转机。他一改颓废的生活，开始重新审视自己的身份认知。于是作为特林基特族印第安人的意识逐渐在他的血液中觉醒。对我而言，越战非常遥远，但是听完他的一席话，我便觉得这件事仿佛就发生在自己身边。

特林基特族印第安人的社会跟海达族印第安人的社会一样，都由两大氏族组成。一个是渡鸦氏族，另一个则是白头海雕氏族。两大氏族还能分成若干个小氏族，比如灰熊、大马哈鱼等。所以见到特林基特族印第安人的时候，只要你问一句："你是哪个氏族的呀？"对方就会立刻回答，"我是大马哈鱼氏族的"或者"我是灰熊氏族的"。他们至今生活在这样的社会结构中。不过这个世界也不是完美无缺的，总有些束手束脚的地方。

维利是灰熊氏族的后裔。他的母亲是一位在特林基特族印第安人社会中备受尊敬的长老。在庆典上，维利作为灰熊氏族的代表致了贺词。他身着民族服装，头上却戴了一顶贝雷帽。因为那是越战老兵的象征。他就这么戴着贝雷帽演讲了很久，讲述了自己这些年来走过了多么漫长的旅程。从越南回来以后，他不知道自己该怎么办，沉迷于毒品与酒精，过上了颓废的生活，不知进了多少次监狱。在这个过程中，他一直在探究自己到底是谁，最后试图拾回特林基特族印第安人的身份认知……他用十分真挚的话语讲述了整个过程。

那天晚上举办了夸富宴。大家一起分享大自然馈赠的美味佳肴，然后载歌载舞。每个氏族都要献上本族的传统舞蹈，直到半夜。这是一种很重要的仪式。仪式本身已经很动人了，维利的舞姿更是美极了，特别有灵性。

不久后，夸富宴也结束了。我正要离开会场的时候，维利走来问我要不要去流汗小屋。我有点担心自己能不能解释清楚，印第安人为了遇见自己真正的灵魂，会长时间在山上旅行，期间不进食。他们管这个过程叫"灵境追寻"。也就是说，他们在只喝水的状态下独自在山林中旅行，借机进入另一种状态，邂逅自己的灵魂。直到今天，纳瓦霍族（Navajo）、苏族（Sioux）等印第安部族仍在进行这种仪式。在踏上灵境追寻之旅前进入的屋子，就是流汗小屋了。据说小屋本身跟桑拿房似的，我也只听说过，没亲眼见过。所以维利很久以前答应过我，要带我去见识见识。

那天晚上，维利突然问我，要不要去流汗小屋。于是我们一行六人坐上卡车，朝郊外的森林进发。同行的人里有一位女士。不一会儿，一堆巨大的篝火映入眼帘，旁边是守着火堆的老奶奶。维利把我介绍给她以后，我们就走进了一旁的帐篷。帐篷的骨架是用木头搭的，外面罩着帆布。进去以后，大家依次讲述自己心中的思绪。所有人脱光衣服，围在火边。就在这时，维利唱起了虎鲸之歌，那是特林基特族印第安人世代相传的歌谣。那首歌真的很美，不过在唱歌的时候，他已经不是我熟知的维利了，而是变成了一个完全不同的人。然后大家再走出帐篷，老奶奶把烟叶烧出来的烟扑在大家身上，再用鹭鸟的羽毛拍打身体，起到净化的作用。接着再回到小屋里，等大家都坐定了，老奶奶拿来五六块烧得火红的大石头，都是从篝火中取出来的。她把石头放在小屋里，关闭房门。屋里一片漆黑。大家再次唱起歌谣，献上祈祷。这个过程会持续很久。还是大家依次讲述，进行祈祷，但每次换人，都要把烟叶摆在烧红的石头上。于是小小的流汗小屋里便充满了烟雾，热浪滚滚。一个循环结束后，帐篷的门又开了，老奶奶拿来了新的石头……在石头不断增加的过程中，我们一直在祈祷，一直在讲述自己的所思所想。通过他们的讲述，我发现在同行的五个印第安人中，除了那位女士，其余四人都是越战老兵。名叫艾德的印第安人说，他忘不了自己在越南杀死的第一个孩子，哭了出来。总之，我们都进入了某种异样的状态。对我来说，那是一段非常不可思议，却也万分深刻的体验。

也就是说，一旦进行祈祷，踏进一个完全不同于日常的世界，你就会发现，在旅行的人不光你一个，大家都在旅行。每个人都在心里怀揣着一抹近似于黑暗的东西，都在试图跨越它。我强烈地感觉到，他们正在进行这样的冒险。每一个人心里都有想要克服的东西，我也不例外。"黑暗"这个说法也许不太贴切，但大家的确都怀揣着某种东西。其实仔细想想，我之所以来阿拉斯加，不也是出于同样的原因吗？我为什么在阿拉斯加待了十八年那么久？这个问题的答案肯定和维利差不多吧。肯定是因为我心里有想要克服的东西吧。所以现在回过头来想想，这么多年来，是阿拉斯加的自然激励着我啊。与此同时，我也十分庆幸，能在这样的旅程中置身于阿拉斯加，真是太好了。我越想越觉得，在流汗小屋体验的那个瞬间，不正能体现出我一直留在阿拉斯加的重要理由吗？

注释

1　某些北美印第安人，尤其是夸求图人举行的社交聚会。部落酋长向众人赠送贵重礼物显示自己的财富和地位。

2　儒勒·凡尔纳（Jules Verne, 1828—1905），法国作家，代表作有《海底两万里》《地心游记》。

3　阿尔谢尼耶夫（Vladimir Arsenyev, 1872—1930），俄国远东探险家。

4　此处作者可能展示了图片。

5　传统气象用词，春天江河上的冰开始融化，仿佛被冻结的江面"打开"了一样，所以叫作"开河"，又叫"河开"。

6　塞斯纳（Cessna），世界三大轻型飞机制造商之一。

7　輪かんじき，不让鞋子陷进雪里的工具。

8　坂本直行（Naoyuki Sakamoto, 1906—1982），北海道出生的画家，开拓民。

9　队员均为普通的社会人的棒球团体，所有队员均没有因为打棒球而得到的收入，有企业队、地区俱乐部队等形式。

10　约德尔（Yodeling），一种特殊的唱法或使用该唱法的歌曲，特点是在演唱开始时在中低音区用真声唱，然后突然用假声进入高音区，并且用这两种方法迅速地交替演唱。

11 学名为 Claytonia tuberosa, 或 Hedysarum alpinum（因纽特语：mashu）。

12 阿伊努语 tunakkay, 学名为 Rangifer tarandus, 栖息于北美的驯鹿被
称为"Caribou"。

13 箱柳，白杨的别名。

14 阿尔·卡彭（Al Capone, 1899—1947），20世纪20年代至30年代
美国最有影响力的黑手党头目。

15 位于山梨县西北部八岳山脚下的高原。

MOHO NO KOTOBA Shizen to tabi wo kataru by HOSHINO Michio

Copyright © 2003 HOSHINO Naoko

All rights reserved.

Original Japanese edition published by Switch Publishing Co., Ltd., Japan in 2003.
Republished as paperback edition by Bungeishunju Ltd., in 2010.
Chinese (in simplified character only) translation rights in PRC reserved
by Beijing Imaginist Time Culture Co., Ltd., under the license granted by
HOSHINO Naoko, Japan arranged with Bungeishunju Ltd., Japan through
TUTTLE-MORI AGENCY, Inc., Japan.

著作权合同登记图字：20-2020-166

图书在版编目(CIP)数据

魔法的语言 / (日) 星野道夫著；曹逸冰译. —— 桂
林：广西师范大学出版社，2020.12（2021.8重印）
ISBN 978-7-5598-0707-6

Ⅰ.①魔… Ⅱ.①星… ②曹… Ⅲ.①游记 – 作品集
– 日本 – 现代 Ⅳ.①I313.65

中国版本图书馆CIP数据核字(2020)第263091号

广西师范大学出版社出版发行

　广西桂林市五里店路 9 号　邮政编码：541004
　网址：www.bbtpress.com

出 版 人：黄轩庄

全国新华书店经销

发行热线：010-64284815

山东临沂新华印刷物流集团有限责任公司　印刷

开本：1360mm×930mm　1/64

印张：5.625　字数：117千字

2020年12月第1版　2021年8月第3次印刷

定价：42.00元

如发现印装质量问题，影响阅读，请与出版社发行部门联系调换。